陰陽師 晴明取瘤

陰陽師系列 第六部

夢枕獏——著
村上豐——繪
茂呂美耶——譯

推薦序

伴隨《陰陽師》系列小說十五年有感

承接《陰陽師》系列小說的編輯來信通知，明年一月初將出版重新包裝的第一部《陰陽師》，並邀我寫一篇序文。

收到電郵那時，我正在進行第十七部《陰陽師螢火卷》的翻譯工作，而且，由於晴明和博雅這兩人拖拖拉拉了將近三十年的曖昧關係（中文繁體版則為十五年），終於有了一小步進展，令我陷入興奮狀態，於是立即回信答應寫序文。因為我很想在序文中向某些初期老粉絲報告：「喂喂喂，大家快看過來，我們的傻博雅總算開竅了啦！」

其實，我並非喜歡閱讀ＢＬ（男男愛情）小說或漫畫的腐女，《陰陽師》也並非ＢＬ小說，但是，我記得十多年前，曾經在網站留言版和一些《陰陽師》死忠粉絲，針對晴明和博雅之間的曖昧感情，嬉笑怒罵地聊得鼓樂喧天，好不熱鬧。

說實在的，比起正宗ＢＬ小說，《陰陽師》的耽美度其實並不高。就我個人觀點而言，這部系列小說的主要成分是「借妖鬼話人心」，講述的是善變的人心，無常的人生。可是，某些讀者，例如我，經常在晴明和博雅的對話中，敏感地聞出濃厚的ＢＬ味道，並為了他們那若隱若現，或者說，半遮半掩的愛意表達方式，時而抿嘴偷笑，時而暗暗奸笑。

身為譯者的我，有時會為了該如何將兩人對話中的那股濃濃愛意，翻譯得不露骨，但又不能含糊帶過的問題，折騰得三餐都以飯糰或茶泡飯草草果腹，甚至一句話要改十遍以上。太露骨，沒品；太含蓄，無味。所幸，這種對話不是很多。是的，直至第十六部《陰陽師蒼猴卷》為止，這種對話確實不多。

然而，我萬萬沒想到，到了第十七部《陰陽師螢火卷》，竟然出現了令我情不自禁大喊「喂喂，博雅，你這樣調情，可以嗎？」的對話！不過，請非腐族讀者放心，這種對話依舊不是很多，況且，說不定我們那個憨厚的傻博雅，不明白自己說的那些話其實是一種調情。而能塑造出讓讀者感覺「明明在調情，但調情者或許不明白自己在調情」的情節的小說家夢枕大師，更令人起敬。

話說回來，不論以讀者身分或譯者身分來看，《陰陽師》系列小說最吸引我的場景，均是晴明宅邸庭院。那庭院，看似雜亂無章，卻隨著季節交替輪換而自有一番情韻。倘若我在進行翻譯工作時的季節，恰好與小說中的季節相符，我會翻譯得特別來勁，畢竟晴明庭院中那些常見的花草，以及，夏天吵得不可開交的蟬鳴和秋天唱得不可名狀的夜蟲，我家院子都有。只是，我家院子的規模小了許多，大概僅有晴明宅邸庭院的百分或千分之一吧。

為了寫這篇序文，我翻出《陰陽師飛天卷》、《陰陽師付喪神卷》、《陰陽師鳳凰卷》等早期的作品，重新閱讀。不僅讀得津津有味，甚至讀得久違多年在床上迎來深秋某日清晨的第一道曙光。

此外，我也很佩服當年的自己，竟然能把小說中那些和歌翻譯得那麼美。不是我在自吹自擂，是真的。我跟夢枕大師一樣，都忘了早期那些作品的故事內容，重讀舊作時，我真的在文字中看到當年為了翻譯和歌，夜夜在書桌前和古籍資料搏鬥的自己的身影。啊，畢竟那時還年輕，身子經得起通宵熬夜的摧殘，大腦也耐得住古文和歌的折磨。如今已經不行了，都盡量在夜晚十點上床，十一點便關燈。因為我在明年的生日那天，要穿大紅色的「還曆祝著」（紅色帽子、紅色背心），慶祝自己的人生回到起點，得以重新再活一次。

如果情況允許，我希望能夠一直擔任《陰陽師》系列小說的譯者，更希望在我穿上大紅色背心之後的每個春夏秋冬，仍可以自由自在穿梭於晴明宅邸庭院。

茂呂美耶

於二〇一七年十一月某個深秋之夜

目錄

平安時代中期的平安京

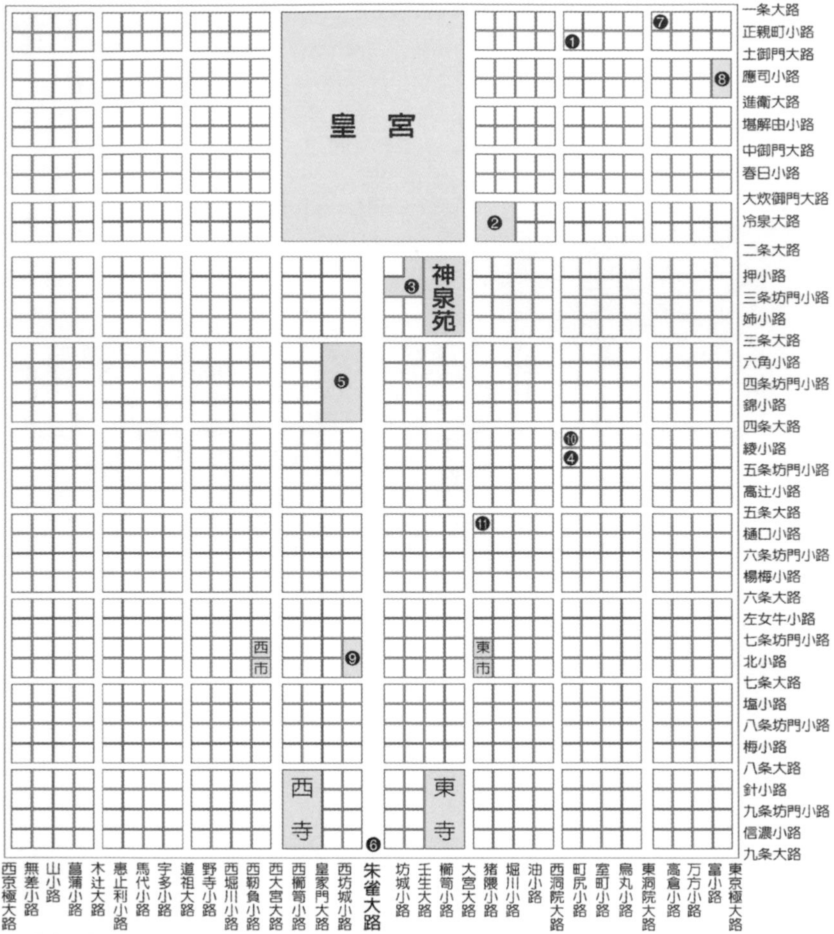

❶ 安倍晴明宅邸　❷ 冷泉院　❸ 大學寮　❹ 菅原道真宅邸　❺ 朱雀院　❻ 羅城門　❼ 藤原道長「一条第」
❽ 藤原道長「土御門殿」　❾ 西鴻臚館　❿ 藤原賴通宅邸　⓫ 藤原彰子邸

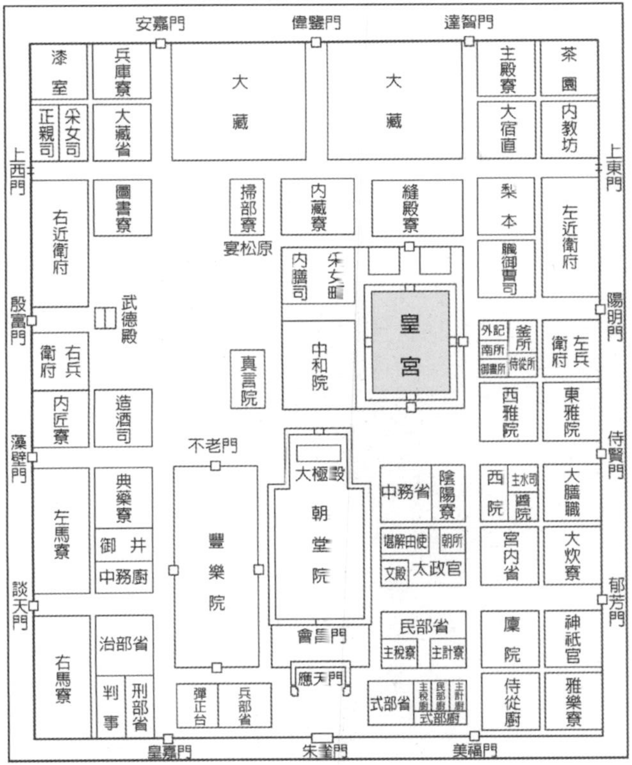
安嘉門
偉鑒門
達智門
上西門
上東門
殷富門
陽明門
藻壁門
待賢門
談天門
郁芳門
皇嘉門
朱雀門
美福門
漆室
兵庫寮
大藏
大藏
主殿寮
茶園
正親司
采女司
大藏省
大宿直
內教坊
右近衛府
圖書寮
掃部寮
內藏寮
縫殿寮
梨本
左近衛府
宴松原
內膳司
采女町
武德殿
皇宮
中和院
職御曹司
右兵衛府
真言院
外記
南所
御書所
釜所
侍從所
左兵衛府
內匠寮
造酒司
西雅院
東雅院
不老門
大極殿
朝堂院
中務省
陰陽寮
西院
主水司
齋院
大膳職
左馬寮
典藥寮
豐樂院
御井
勘解由使
朝所
宮內省
大炊寮
中務廚
文殿
太政官
民部省
廩院
神祇官
治部省
會昌門
主稅寮
主計寮
右馬寮
判事
刑部省
彈正台
兵部省
應天門
式部省
主稅廚
民部廚
主計廚
式部廚
侍從廚
雅樂寮

大內裏

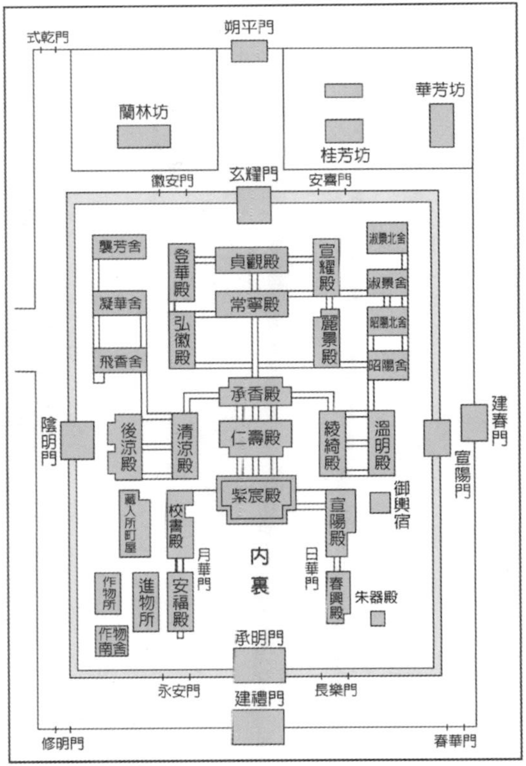
式乾門
朔平門
蘭林坊
華芳坊
桂芳坊
徽安門
玄輝門
安喜門
襲芳舍
登華殿
貞觀殿
宣耀殿
淑景北舍
淑景舍
凝華舍
常寧殿
弘徽殿
麗景殿
昭陽北舍
飛香舍
昭陽舍
承香殿
陰明門
後涼殿
清涼殿
仁壽殿
綾綺殿
溫明殿
建春門
宣陽門
紫宸殿
御輿宿
藏人所町屋
校書殿
宣陽殿
月華門
內裏
日華門
作物所
進物所
安福殿
春興殿
朱器殿
作物南舍
承明門
永安門
長樂門
建禮門
修明門
春華門

內裏（皇宮）

一

秋意，逐日加深。

夏季剛結束的草叢中，紫色桔梗與黃色敗漿草，稀稀落落在風中搖擺。

這是個猶如將山中某塊原野原封不動搬來的庭院。

——夜晚。

月光照射在庭院中。

中天懸掛著滿月前一天的皎潔月亮。

邯鄲。

蟋蟀。

狗蠅黃。

秋蟲躲在樹木、草叢陰影中鳴叫。

坐在窄廊上聆聽蟲鳴，令人感覺秋意似乎更加深濃。

安倍晴明與源博雅，正對坐飲酒。

季節明明是秋令，卻可聞到融化於夜氣中的甘美花香。

那花香令人陶醉得彷彿心也融化於其中。

庭院深處，有株藤蔓纏在松樹，樹枝殘留一束遲開的藤花。

甘美花香似乎正是自那藤花飄蕩而來。

晴明與博雅之間擱著白色瓶子，兩人面前各有個盛滿酒的酒杯。

秀麗女子身穿寬鬆的淡紫十二單衣，坐在晴明與博雅之間，每逢兩人的酒杯空了，便無言地伸手舉起酒瓶，往杯內斟酒。

女子身上也同樣散發甘美花香。

女子名為蜜蟲。

是晴明使喚的式神。

晴明與博雅面前各自擱著素陶盤子。

其中一盤，盛著烤蘑菇。

另一盤，盛著兩顆熟透的桃子。

晴明身著白色狩衣，背倚柱子，支起單膝，隨意將手肘擱在支起的單膝上。

肌膚白皙得將近透明。

丹鳳眼。

女子般的紅脣。

嘴角經常浮出宛如含著甘甜蜜汁的微笑。

每當博雅舉起酒杯，從屋簷冉冉灑落的月光便射進酒杯，在酒面上晶瑩地翩然起舞。

連同月光，博雅將酒杯送到脣邊。

然後喝下月光。

「說真的，晴明啊……」

博雅如痴如醉地嘆了一口氣，說道。

「這樣喝著盛滿月光的酒，總覺得進入體內的月光，好像會從肚子深處逐漸瀰漫全身。」

博雅自言自語地說。

一旁的晴明，只是面帶微笑望著博雅。

「你醉於月光了嗎？博雅……」

晴明邊伸手拿取酒杯，邊問道。

「如果說，我現在這種感覺是醉於月光，那……我的確醉了。」

博雅像是欲嗅出月光的味道，鼻子深深吸進一口氣。

與夜氣一起吸進的味道，除了藤花香，還有擱在膝蓋前的甘芳桃香。桃子的香味也隱約融於夜氣。

博雅將視線落在盤上的桃子。

四周只有一盞點燃的燈火。

反射著燈火亮光，緋紅的桃子側面看似在左右搖晃。

這時代的桃子不同於成人拳頭那般大的現代桃子；是由大唐傳過來，果肉呈黃色，比現代桃子要小。

「話說回來，晴明啊，明明快要入秋了，你竟弄得到這麼水靈靈的桃子。」

博雅讚賞地說道。

「難道你又施展什麼咒術讓桃子長出來了？」

「不是。」

晴明擱下喝了一口的酒，回道。

「這是平大成、中成大人送來的。」

「是藥師的平大成、中成兩位大人？」

「是的。今天中午，兩位大人來訪，送了我桃子。」

「原來如此。聽說，宮內的典藥寮也時常借助他們的知識。對那兩位大人來說，要在這種時期讓桃子熟透，應該不難吧。」

「要不要吃吃看？」

「嗯。」

博雅取起桃子，俐落地開始剝皮。桃子已經熟透，皮很容易剝。

咬著果肉，博雅開始吃起桃子。

儘管數滴果汁滴落在地板，博雅仍將桃子全部吃完了。

吃畢，博雅將果核擱回盤內。

「真是意想不到的美味。」

「味道不錯吧？」

「西王母庭院中的仙桃，味道大概也是這般。」

「因為是那兩位大人種的，才能長出這種桃子。」

「即便是冬天，大成大人和中成大人似乎也能讓庭院裡開出花來。」

「沒錯。那兩位大人經常到深山四處尋找藥草，再以自己的身體試行自己煉製的藥草成效。」

「兩位大人多大歲數了？」

「不知道，應該都已七十多歲了吧。」

「現在仍一如以往經常登山？」

「嗯。」

「真是老當益壯。」

「這盤蘑菇，也是兩位大人送來的。」

「本來還在想，用蘑菇當下酒菜還說得通，但怎會拿桃子來伴酒？原來都是兩位大人送來的。」

博雅再度伸手舉杯。

「不過，大成大人和中成大人兩位都在臉頰長了那種東西，實在是……」

博雅將酒杯送到唇邊。

「你是說那個肉瘤？」

「右頰有肉瘤的是大成大人，左頰有肉瘤的是中成大人。幸好有肉瘤可以辨別二人。但臉頰上垂掛著那東西，不管睡覺或吃飯喝湯，大概都很不方便……」

蜜蟲又於空酒杯內斟酒。

博雅含了一口酒。

平大成、中成是一對雙胞胎兄弟。

目前七十有餘的這對兄弟，無論白髮、白髯、額頭上的皺紋，均相似得令人誤以為是同一人。

正如博雅所說，若非臉頰上的肉瘤，根本無法辨認誰是誰。

「兩位大人自孩提時代起，將近六十年來，終年口含藥草試行藥效，所以才會長出肉瘤吧。」

「是嗎？」

薬師
平大成、
む、
平中成、

「藥草也是林林總總。就算是同一藥草，有時候沾一點可以成為良藥，但吃太多便成為毒藥。」

「唔。」

「大成大人與中成大人，應該經常同時試吃許多藥草。」

「也許吧。」

「人的身體其實很不可思議，要是過多的毒藥進入體內，人體會自動剔除多餘毒藥，或將之儲存在身體的某個安全部位。」

「然後呢？」

「以兩位大人的例子來說，結果大概就是那肉瘤吧。」

「照你這麼說來，兩位大人至今為止所試行的藥草，都儲存在那肉瘤內？」

「正確說來，儲存的應該是藥草的精氣。」

「可是，晴明啊，平大成、中成兩位大人，為什麼來找你呢？」

「問題就在這裡，博雅。」

「怎麼了？」

「兩位大人似乎被一群奇妙的傢伙給纏上了。」

「奇妙的傢伙？」

「鬼啦。」

「喂，晴明，你剛剛是說一群？」

「也就是說，那些鬼傢伙，不是一、兩個或一隻兩隻。」

「什麼？」

「博雅，你聽我說，事情是這樣的……」

晴明開始講述事情的來龍去脈。

二、

某天，平大成與中成相偕入山。

那山位於京城東方鳥邊野深處。

兩人徒步當車。

雖然年已七十一，但大成、中成皆是健步的人。

兩人時常入山搜尋藥草。

也曾請人代尋，但搜尋藥草這種事，還是自己來比較妥當。因為有些藥草，別人無法辨認；況且，同一藥草，看是摘嫩葉或青蔥茂盛的葉子，藥劑製法便不同，也會影響藥效。

往昔，兩人幾乎每天出門尋藥，現在畢竟年事已高，無法每天入山。然而，兩人每個月仍會到山中四、五天。

如果找到莨菪，必定會連根帶土掘起帶回家。

這天，兩人背上都揹著個大竹籠，清晨便出門了。

大成在腰上又懸著個籠子。

這時期正是紅瓜茸破土而出的季節，若能尋到紅瓜茸，大成打算裝進腰上那籠子內。

紅瓜茸是一種白柄紅傘的蘑菇。

紅傘表面有白色斑點且不開傘，與其他眾多蘑菇相異。由於通常只開一半，外形像個小瓜果，因而稱為紅瓜茸。

紅瓜茸可以醫治神經衰弱。

只要將摘取來的紅瓜茸浸於灰水五日，再曬十日左右，最後煎成藥汁，即可飲用。

心情鬱悶時，喝個兩杯可以振作精神。但喝多了會神經錯亂，聽到莫名其妙的聲音，或看到不明所以的光景。

若欲食用，必須先煮過，再鹽醃十日以上。食用時，先浸在清水去除鹽分方可食用。

只要經過上述處理，想吃多少就能吃多少。雖然會失去藥效，但即便吃再多，也不會看到別人看不到的神靈，或聽到別人聽不到的神旨。

大成非常喜歡吃紅瓜茸。

不但口感滑溜，而且相當有咬勁，入口時那種滑溜感觸，實在難以言喻。

中成腰上也繫著個小籠子。

一般說來，入山摘藥草時，通常邊摘邊走，摘下的藥草先放進腰上小籠子內，等小籠子裝滿了，再移到背上的大籠子。然後再繼續摘藥草，裝進空無一物的小籠子內。

可是，每逢紅瓜茸破土而出的季節，大成總是對其他蘑菇視而不見，只顧著摘紅瓜茸，常讓背部的大籠子和腰上的小籠子全裝滿紅瓜茸。

兩人走著走著，來到鳥邊野深處。

鳥邊野是京城的墓地。

屍體都在此地埋葬、焚化。

其中有些屍體不但沒埋在土中，也沒火葬，就那樣任意棄置於地。

這些隨處遭人丟棄的屍體，或許身上本來也有衣物，但大部分到最後都會裸著身體。

不知是專門竊取屍體衣物的盜賊剝走衣物，還是家人於丟棄屍體前便將他們身上的衣物全帶走。

總之在鳥邊野，新屍體總是源源不絕。

這是個連白天都人跡罕至的場所。

而通過這場所再往深處走，可以尋到眾多令人瞠目的藥草與山菜。

整個上午，大成與中成都一起摘藥草；中午過後，便各走各的。

「我們各走各的，一時辰過後，再回到這兒碰頭。」

「好。」

「好。」

兩人如此約好，便各依己意進入山中。

大成往山內深處前進。

他已經摘了不少藥草，但還未發現應已破土而出的紅瓜茸。或許，時期尚早也說不定。

不過，去年這時期，紅瓜茸已出土了。今年即使比去年稍晚了些，只要再往山頂前進，也許可以找到零星幾根。

於是，大成便又往深山前進。

然而，還是尋不到紅瓜茸。

就在專心搜尋紅瓜茸時，與中成相約的時刻已逼近眼前。

大成想著：不快回去不行、不快回去不行……再找一下、再找一下……卻愈走愈往前，愈走愈深。

待大成想回頭，突然看見對面森林斜面有個紅色東西。

「我看看。」

大成繼續往前走，一看之下，果然是紅瓜茸。

「總算讓我找到了。」

大成得意地笑，從蘑菇根部採下來，放進腰上小籠子內。

紅瓜茸雖不像滑菇那般大把群生於一處，但只要找到一根，附近必定還有其他紅瓜茸。

大成站起身，環視四周。

「有了！」

他看到前面又有根紅瓜茸。

採了第二根，放進小籠子，大成繼續轉移視線。

「喔！」

附近又有一根紅瓜茸。

採完一根，馬上發現另一根。而過去採了第二根，又發現第三根。

大成接二連三地尋到紅瓜茸。

埋頭採了一陣子，不知不覺中籠子已滿。

等大成回過神來，早已過了與中成約定的時刻。太陽也已西傾。

這下就算再怎麼趕路，到家前一定早已入夜。但至少也要趁天未全黑、還看得到腳下的路時，盡快通過鳥邊野。

可是，如何走來、又通過哪些路線，大成已經搞不清楚。

以為是這個方向，往前走走，卻感覺好像走錯了。

以為是那個方向，往前走走，也感覺好像走錯了。

無論往哪個方向前進，總是似曾相識又全然陌生。

看樣子，大成似乎在山中迷路了。雖然這事非常罕見。

如果走的是道路，無論山中小徑或其他任何路，只要順著道路往回走便可以回到原處。可是，大成走的是沒有路的深山。不管望向哪邊，放眼望去都是同樣景色的森林。

不久，四周逐漸昏暗。

即便無法辨識方向，但不遠處應該就是白天通過的鳥邊野，那埋葬屍體的場所。

萬一入夜，妖魔鬼怪出沒，就會在這附近的森林內遊蕩吧。

要是碰上妖魔鬼怪，說不定自己會被吃掉。鳥邊野那些死者，也會隨著暗夜來臨而自冥府甦醒，到處搜尋並追趕活人。

啊——

怎麼光顧著採紅瓜茸，忘我採到這個時刻呢？

再怎麼後悔，也無法改變現狀。不安像塊石頭沉重地盤踞在腹底。恐怖自腹底慢慢滲出，逐漸蔓延至體內。

看來真要下定決心，不找個可以露宿的地方不行。

所幸懷中還有一點乾飯。

今晚暫時用乾飯充飢，先熬一晚，等明天太陽升上來，再尋找下山的路徑吧。

就在天將黑得伸手不見五指之前，大成在一棵高大橡樹根部，發現有個可以容身的空洞。

於是，大成鑽進那個空洞內坐了下來。

他下定決心，無論發生任何事，都要據守在此直至天亮。

夜，逐漸加深，大成卻無法入眠。

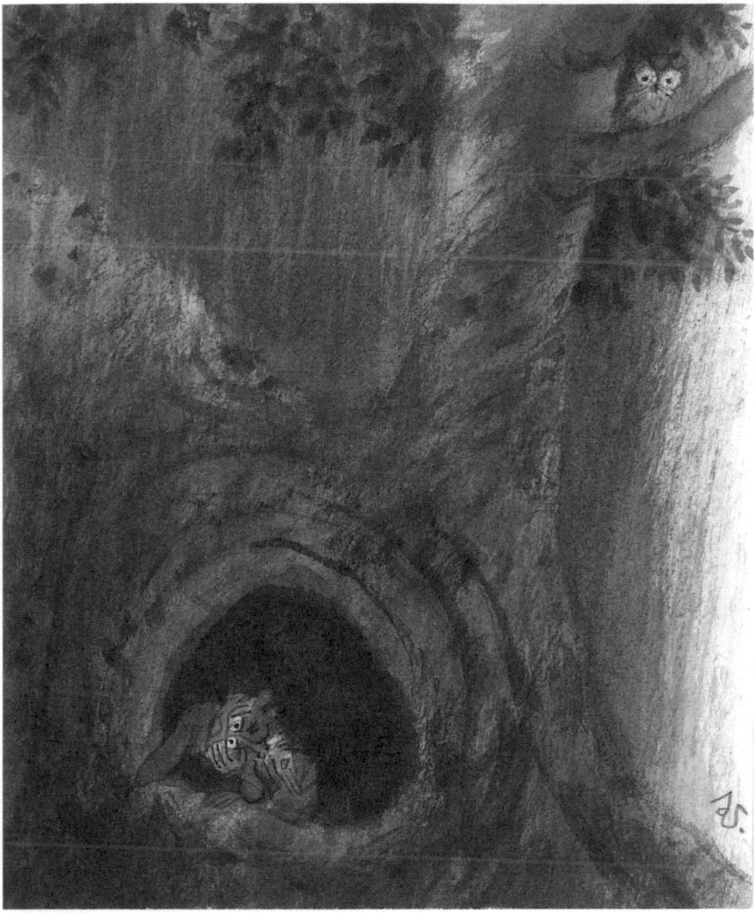

橡樹樹梢的葉子，在頭上搖晃，沙沙作響。
從空洞露出臉龐往上一看，可以看到樹梢間閃閃發光的星眼。
肚子餓得很，更是難以成眠。
啃了懷中的乾飯，稍微可以搪飢，但還是睡不著。
話雖如此，似乎也昏昏沉沉小睡了片刻。
然後，大成因感覺到某些動靜而清醒過來。
外面好像有什麼動靜。
有人從森林中往這邊走來。
大成可以聽到那聲音。
那是小樹枝折斷的咯吱咯吱聲。有人踏著落在地面的枯樹枝，逐漸往這邊挨近。
踏著枯葉的聲音。
撥開叢生雜草與灌木的聲音。
那聲音不只一人或二人。
有身軀很重的，也有體重輕的，無數隻腳踏著地面，往這邊走來。

而且不是來自同一個方向。

是從四面八方往這邊挨近。

那些動靜在黑暗中一步步逼近。

大成幾乎魂飄魄散。

雖然期望來人會視而不見地通過此地，但是，他們似乎全都往大成所躲藏的橡樹方向走來；數量也愈來愈多，毫無消滅的樣子。

大成從空洞偷偷往外觀看，只見以他所躲藏的橡樹為中心，黑暗中，四周有好幾個黑影晃動。

不但有大黑影，也有小黑影。

藉著頭上樹梢間照射下來的微弱月光，隱約可以看見他們的身形，有些外形看上去像是人，有些卻不像是人。其中也有明顯不是人的東西，所以即便有看似人的東西夾雜其中，也無法令人相信他們是人。

繼續偷偷觀望的話，萬一對方察覺，後果不堪設想。

大成只得屏氣斂息，躲在空洞內。

「今晚是滿月。」

嘶啞粗聲傳了過來。

「喔，的確是滿月。」

回應的是其他聲音。

接著又響起眾多歡聲。

「是滿月！」

「是滿月！」

「今晚是賞月之宴！」

「喔！」

「喔！」

「喔！」

「可以暢飲一番！」

過一會兒，開始傳來火焰燃燒的聲音，騷鬧聲也愈來愈大，最後傳來眾人大吃大嚼某物的聲音。

大成想知道他們在做什麼，便再度探頭偷窺，卻發現有眾多妖魔鬼

怪團團圍坐在自己所躲藏的橡樹前，正在大吃大喝。

其中有外形看似人的東西，也有額頭長角的妖怪、獨眼的禿頭妖怪。

有個披頭散髮、露出雙乳的女人，臉上只有嘴巴，沒有眼鼻。

有個全身青色的東西，腰繫紅色兜襠布；而全身紅色的東西，則腰繫青色兜襠布。

有全身黑漆漆的東西。

以雙腳直立的狗。

長著手腳的琵琶。

生有雙足的破碗。

會走動的長柄勺子。

臉部是鳥的東西。

牛頭男人。

馬首女人。

雙頭男人。

狐。

狸。

巨大癩蛤蟆。

蟲。

看似剛從地底爬出來的死人。

還有其他更多無法形容的東西。

數量大約有百餘。

百鬼遊宴……

他們在團團圍坐的中心生火，喝盛在素燒酒杯內的酒，說說笑笑，又吵又鬧。

原來大成正身處妖魔鬼怪的筵宴現場。

鬼怪各隨己意，吃著形形色色的下酒菜。

有的啃咬乾魚。

有的舔鹽巴。

有的啃果實。

有的從蛇頭開始吃蛇。

有的捏住活老鼠的尾巴，高高提在臉上，再從鼠頭吃下。

大成看著看著，吞下「啊」的一聲。

情不自禁險些叫出聲來。

原來他看到妖魔鬼怪之中，有個鬼怪手中握著看上去明顯是人的手腕的東西，吃得津津有味。

再仔細一看，又發現也有鬼怪雙手捧著一隻人腳，大吃大嚼。

其他更有摟著女人頭顱、吸吮其眼球的鬼怪。

還有個妖魔，抱著倒栽蔥的裸體嬰兒，將嘴脣貼在嬰兒肛門，吸吮體內東西。

正當眾人喝得半醉，腰繫紅兜襠布的鬼站起來說：

「來，跳舞吧！跳舞吧！」

「喔，跳舞！」

「誰要跳舞？」

「出來跳吧！」

「跳吧！」

「舞吧！」

「舞吧！」

「誰要跳舞！誰要跳舞！」紅兜襠布的鬼說。

「誰要跳！」

「誰要跳！」

其他的鬼也拍手催促大家。

「好，我來當先鋒，第一個跳。」

站起來的是獨眼禿頭妖怪。

「喔，是丹波（譯註：丹波國，跨越京都府與兵庫縣）的偷窺禿頭啊。」

「舞啊！」

「跳啊！」

妖鬼開始打起拍子，禿頭妖怪拋下手中的人腳，比手畫腳、眉飛色舞地跳起舞來。

琵琶妖物用自己的手撥起自己的弦，古箏妖物也用自己的手指彈起自己的弦。

妖物看到禿頭妖怪跳舞，或捧腹大笑，或喝彩叫好，一迭連聲大叫：

「喂，睪丸露出來了！」

「那話兒在搖來晃去！」

他們拍著肚子，大喜若狂。

待禿頭妖怪跳畢，

一個鼻子像大象那般長的鬼，邊左右搖晃屁股邊站起身來說：

「換我來跳吧！」

當象鼻妖鬼搖晃著屁股開始跳起舞時……

「喂，屁股再搖厲害點！」

「前後搖啦！」

「再加把勁！」

「再加把勁！」

眾鬼益發歡天喜地。

就這樣，妖鬼個個輪流跳起舞來。

大成飢腸轆轆、恐懼萬分，躲在空洞中偷窺眾鬼的動靜。

何時會被發現？何時會被吃掉？這問題令大成直打哆嗦。

大成幾乎要昏厥過去。

可是，若在此地昏迷不醒，後果將更難想像。大成想儘量讓自己保持清醒，左思右想，最後發現一件事。

蹲在橡樹空洞中的自己，雙腳之間不是有白天摘下的蘑菇嗎？

籠子最上層，正是傍晚前採得忘了時間的紅瓜茸。

原來還有這個……

大成伸出右手，從籠內取出紅瓜茸，就那樣生吃起來。

一根、兩根……

吃到第三根時，大成覺得全身好像逐漸暖熱起來。

外面輪到一個女人在跳舞。

那全裸女人有三個乳房，邊跳舞邊用手指一張一合自己雙腿間的東西，惹得眾鬼捧腹大笑。

大成聽著妖魔鬼怪打拍子的聲音，竟也陷入愉快的氣氛。

不知道是因為生吃了三根對鬱悶有效的紅瓜茸，還是眾鬼的舞蹈真的很有趣。

他只是感覺很愉快，感覺很有趣。

興高采烈、不自禁手足舞蹈起來。

大成本來就不討厭酒宴。

也喜歡舞蹈。

現在又眼見眾鬼樂不可支的樣子，更是按捺不住。

方才的恐懼，也早已煙消雲散。

「來，下一個是誰？」

「喔！」

「誰要跳？」

「誰要跳？」

眾鬼再度呼喝……

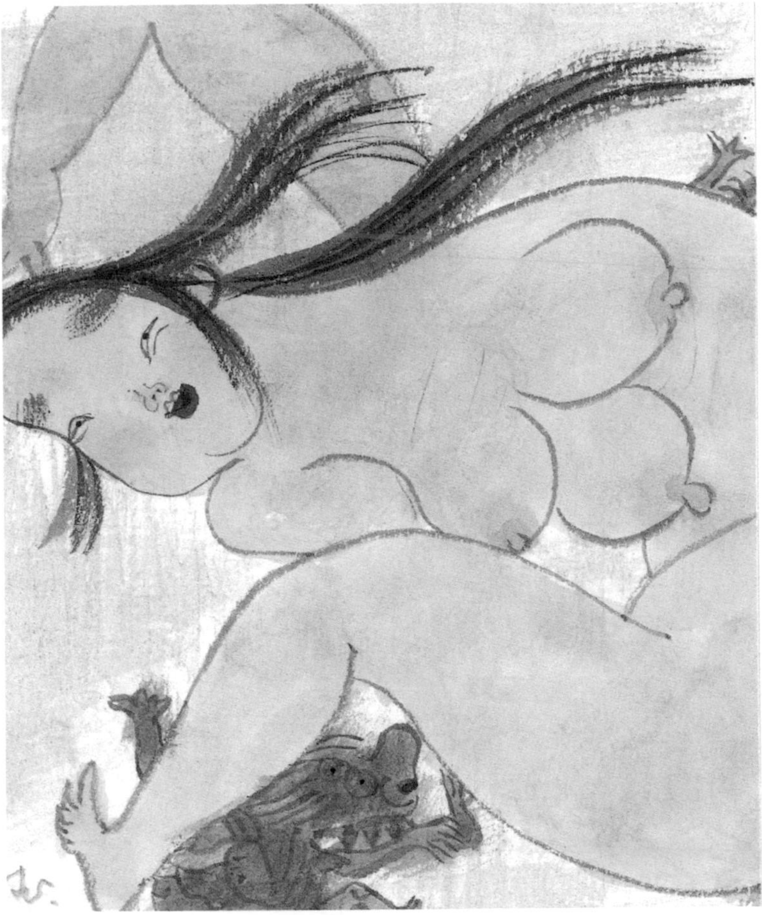

大成已忍無可忍。

僅想飛奔而出舞蹈。死也瞑目。

大成現在只想跑到眼前那些鬼怪圈中，盡情舞蹈一番。即便讓眾鬼發現自己是人，而遭殺害吞噬，對目前的大成來說也在所不惜。

「下一個是誰？」

聲音再度響起。

「我來！」

大成手舞足蹈，從躲藏的樹洞衝了出去。

大吃一驚的反倒是眾鬼。

因為大家都以為橡樹古木中應該沒人在，不料竟冷不防衝出一個老翁，沒頭沒腦就跳起舞來。

人見到鬼，理應逃之夭夭。

對方要是因懼怕而想逃跑，眾鬼也會興起追捕、啖噬的念頭。但面對這個滿面笑容、興高采烈，邊舞邊闖進眾鬼宴會圈中的人，該如何是好？

而且，這人的舞蹈又是那麼有趣。

每搖擺一次腰身，大成右頰那個肉瘤便會左右搖晃，看上去既滑稽又好笑。

眾鬼大驚，喧嚷蹦躍，紛紛問道：「此人為何？」翁，伸屈自如，手舞足蹈，扭腰擺臀，怪聲迭起，連跑帶跳，舞畢一圈。上座老妖，四周眾鬼，目瞪口呆，驚詫萬分。

「喲！太有趣了！」

眾鬼驚訝之餘，歡聲雷動，樂不可支。

一百多個妖魔鬼怪異口同聲發出歡呼，令大成更喜不自禁，將自己所知、甚至不知的舞步也全部舞出來，跳到最後終於筋疲力盡，躺了下來。

太滿意了。

就算遭妖鬼吞噬也心甘情願。

來吧，隨你們便吧。大成環視眾鬼。

「太精彩了！這麼多年來，我們玩過無數次類似今晚的遊戲，卻從未遭遇如此場面。」

我們從來沒遇過能把舞跳得這麼有趣的人——紅色兜襠布妖鬼說。

另一個妖鬼接道：

「喔，下次玩遊戲時，我們再把這人找來一起玩好了。」

「喔，對呀！」

「下次叫他也來玩！」

「叫他來玩！」

「嗯。」

「嗯。」

其他妖魔也同聲附和。

「下次是什麼時候？」

青色兜襠布妖鬼問。

「半個月後。」

「當天是新月夜。」

「是啊。」

「是啊。」

眾鬼相互點頭。

「你覺得如何？」

腰繫紅色兜襠布的妖鬼問大成。

「一定奉陪。」

大成只能如此回答。

況且，大成此刻還處於興奮狀態中。

妖魔鬼怪，何能為也？

頂多讓他們殺掉、吃進肚子裡而已。

反正是一度捨棄過的性命。

「你一定會來嗎？」

「一定。」大成點頭。

「可是，這人真的會來嗎？」

一旁的禿頭妖鬼插嘴。

「既然如此，我們向他拿一件東西抵押吧。」

說這話的是雙頭鬼的其中一個頭。

聽到這句話，雙頭鬼的另一個頭接口道：

「應該的！應該的！」

這個頭邊說邊頻頻點頭。

「那……要拿他什麼東西好呢？」

臉龐只有一張嘴的女鬼問。

紅色兜襠布妖鬼仔細端詳大成的臉，喃喃地說：

「唔，唔，這肉瘤真大。」

「的確是個相當出色的肉瘤。」

「很希奇哪。」

「百年難得一見的珍貴寶物。」

眾鬼七嘴八舌說道。

「那麼，就拿這個肉瘤來抵押好了。」

紅色兜襠布妖鬼提議。

「誰有可以摘下肉瘤的繩子？」

「繩子的話，我有。」

獨眼禿頭妖怪從懷中取出一條細繩。

青色兜襠布妖鬼接過禿頭妖怪手中的繩子，對大成說：

「來，別動。」

然後將繩子纏住大成臉頰肉瘤根部。

纏上繩子，再打個結，最後用手抓住肉瘤。

「呀！」

輕輕擰了一下，肉瘤便脫落了。

「你聽好，如果你想取回肉瘤，半個月後，務必再到這兒來。」

大成只能點頭應允，別無他法。

「可是，還是有點擔心。」

不知是哪個妖鬼如此說。

「我們最好問他到底住在哪裡，半個月後的夜晚，我們親自去接他來比較保險吧？」

「有道理！」

「到時候再帶他來這兒，當場再還他肉瘤算了。」

「這主意不錯。」

「喂，老翁，你叫什麼名字？」

大成聽妖鬼如此問，只能回說：

「是、是，在下叫平大成。」

「住在哪裡？」

問話的是妖鬼。

要是說謊，日後不知會受到何種懲罰。

大成只得又照實回答。

「我們一定會去接你。」

紅色兜襠布妖鬼說。

這時，東方天空總算逐漸發白。

「喔，太陽快升上來了。」

「快要天亮了。」

「我最怕陽光了，咱們準備走吧。」

「嗯。」

「嗯。」

眾鬼同聲贊同，一個接一個消失於森林深處。

「那麼，就這樣說定了，半個月後的新月夜再見。請千萬別爽約。」

最後的紅色兜襠布妖鬼消失後，現場只剩大成孤單一人。

待早朝陽光亮晃晃射進森林，大成也總算從興奮狀態中清醒過來。

鬆了一口氣的同時，也突然感到恐怖。

這時，大成的身體才哆哆嗦嗦發起抖來。

自己到底同妖魔鬼怪約定了什麼，大成記得非常清楚。

半個月後的新月夜晚，自己必須再度來此。

可能的話，實在不想再來了。

憑藉早朝陽光，大成總算尋到歸路，中午時分，終於回到自己家。

「你讓我擔心得要命！」

前一天便回到家中的中成，對回到家的大成這麼說。

「我正在想，要是你今天還不回來該怎麼辦才好。」

中成會如此擔憂也是理所當然。

雖說是深山，但向來熟知路途、罕得迷路的大成竟遲遲不歸，叫人怎不擔憂呢？

然而，更令中成大吃一驚的是，大成右頰那個肉瘤竟消失得無影無蹤。

「到底發生了什麼事？」

中成問，大成便述說昨晚發生的一切。

「你同妖魔鬼怪一起跳舞？」

聽完大成描述的來龍去脈，中成還是無法馬上相信。

「怎麼可能？」中成說。

其實就連大成自己也無法相信昨晚發生的一切。

或許，那只是一場夢。

不，希望那是夢。

可是，事實上，右頰上那個肉瘤的確消失得乾乾淨淨。

看樣子，那不是夢，而是真正發生過的事。

到底是事實與否，半個月後的新月夜晚便能知道。

新月夜晚，要是眾鬼真來迎接，就表示昨晚發生的一切都是事實。

但是，如果眾鬼真來迎接……

「我們去找陰陽師商量一下比較好吧？」大成說。

「不，先別找陰陽師。」中成說。

「為什麼？」

「萬一眾鬼真的來迎接，大成，這回讓我去。」

「為什麼？」

「很久以前我就很在意左頰這個肉瘤。若能像你那樣，不痛不癢便能取掉肉瘤，我也想讓妖魔鬼怪幫我取掉這個肉瘤……」

「可是，中成，事情能成功嗎？」

「能不能成功，不試試看怎麼知道？」

「你打算跟眾鬼一起去？」

中成看到大成變得乾淨又光滑的臉頰，自己也想變成那樣。
雖然中成也很怕妖鬼，但若能取掉這個肉瘤，確實值得一試。
再說，眼前的大成不是平安無事回來了？
「去、想去……」
中成再度點頭回道。

三、

「結果呢？中成大人去了沒有？」
博雅問晴明。他聽得入迷，竟忘了將酒杯送到脣邊。
「嗯。」
晴明點點頭，舉起酒杯，含了一口酒。
「這麼說來，那些妖魔鬼怪真的來迎接了？」
「唔，來了。」
「結果怎麼樣？」

「結果中成大人與那些來迎接的妖鬼一起出門了。」

晴明又開始描述中成的故事。

四

新月夜晚，妖魔果然來了。

那是個沒有月光、漆黑的夜晚。

平中成、大成家的大門外，傳來一陣聲響。

「大成大人……」

「大成大人……」

呼喚大成的聲音從門外傳進來。

雖說已下定決心，然而一旦聽到呼喚聲，中成還是無法立即回應。

「我們照約定來接你了……」

「請打開大門。」

「大成大人……」

「大成大人……」

大成與中成躲在沒點任何燈火的家中，聽著呼喚聲，渾身發抖。

「中成啊，你說你想去，我才沒去找陰陽師商量。要去就快去，不去就說不去，總得快些決定……」

大成顫抖著身子，在中成耳邊竊竊私語。

「如果你不去，我就必須守約，跟他們一起去。不然，那些妖鬼會吞噬我們。」

然而，中成只是咕嘟咕嘟地吞唾液，不回應外面的呼喚。眾鬼的呼喚聲起初還很溫和，後來逐漸凶暴起來。

「大成大人，這是我們的約定！」

「有人在家嗎？」

「再不出來，我們要闖進去了！」

「再不出來，等一下就吸吮你的眼珠！」

「從你的屁眼吸吮你的內臟！」

「大成大人……」

「大成大人……」

門外看似數不盡的妖物，在黑暗中步步逼近，逐漸圍攏大成家。

甚至傳來咯吱咯吱抓門的聲音。

萬一這些妖物與眾鬼真闖進來，大成與中成勢必無法安然無恙。

「去、去……」

中成終於下定決心。

他來到戶外，雙足戰戰搖搖地站在大門內側。

「現、現在、就出去。」

中成如此回應，大門外響起一陣興高采烈的歡呼聲。

「喔！」

「喔！」

打開大門，只見漆黑夜色中，鬧鬧嚷嚷擠滿了無數妖鬼。

果然如大成所說，不但有腰繫紅色兜襠布的妖鬼，也有腰繫青色兜襠布的妖鬼，更有獨眼禿頭妖以及雙頭鬼。

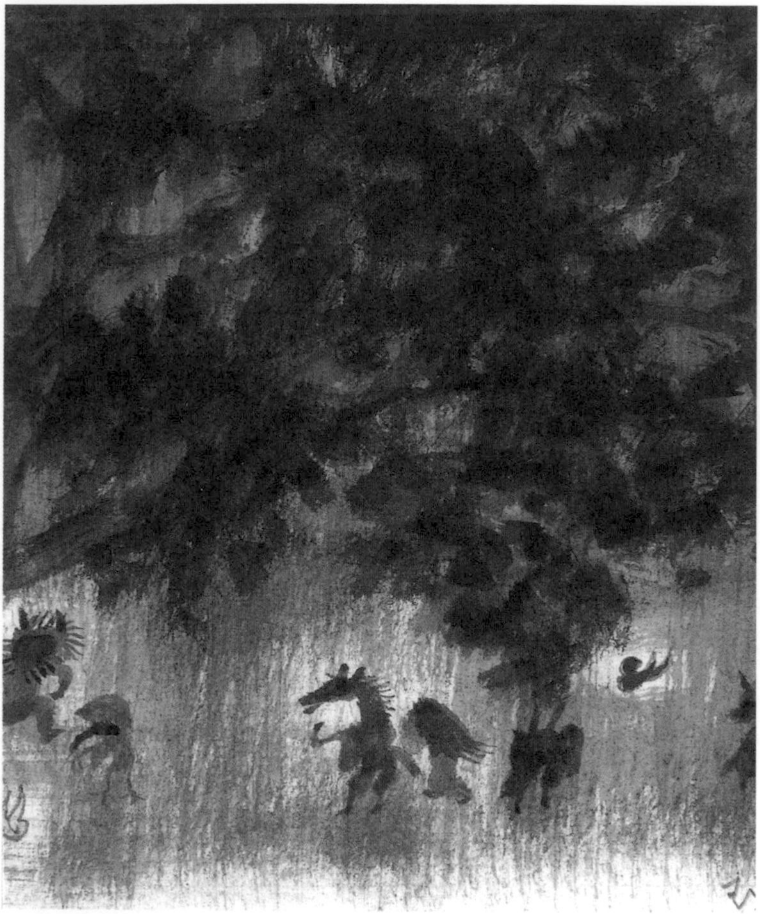

長著手腳的琵琶。

會走路的長柄勺子。

用兩腳直立的狗。

再仔細一看，大門外又有一頂轎子，由各式各樣的鬼怪扛在肩上。

巨大癩蛤蟆在最前頭。

另一隻用雙足直立的貓也在前頭。

小鬼。

蛇。

有鳥首之物。

有雙鳥腳的人。

有看似剛從土塚爬出來的死人。

「咦？大成大人，這回變成你的左頰長出肉瘤了？」

紅色兜襠布妖鬼如此說。

眾鬼不知道眼前這人其實不是大成，而是雙胞胎弟弟中成。

「這沒什麼好計較的。」

丹波的偷窺禿頭妖怪這樣說道。

「唔。」

「自古以來，肉瘤便是招引福氣的吉利東西。」

「是呀。」

「是呀。」

「來，來，大成大人，請坐上那頂轎子。」

在眾鬼催促下，中成坐進轎內，妖鬼集團便開始在京城行進。

「按照道路行進的話，太浪費時間了，所以我們要抄近路。」

紅色兜襠布妖鬼向中成說。

「近路？」

「大成大人就這樣坐在轎內即可。我們將在朱雀門前往西轉彎，到了第一個十字路口再左轉，之後的十字路口再左轉，然後通過兩個十字路口，第三個十字路口再南下……」

紅色兜襠布妖鬼向中成說明路線，但那路線的轉彎方式太複雜，即便聽過一次，也無法暗記下來。

「……然後再右轉，一直來到阿波波十字路口（譯註：二條大路神泉苑與冷泉院之間），就是那株橡樹前的地方了。」

果然如紅色兜襠布妖鬼所言。

在京城的大街小巷左轉右轉了好幾次，正覺得好不容易才來到阿波波十字路口，中成乘坐的轎子已位於鳥邊野深山中。

目的地早已升起火，準備好酒宴。

一百有餘——這是大成所說的數字，但眼前圍繞著火堆的鬼怪妖物，至少有二百以上。

看樣子，多出來的妖魔鬼怪，似乎都是聽聞大成的風聲而趕來湊熱鬧的。

酒宴開始了。

盛滿酒的素陶酒杯逐一傳過，下酒菜也逐一遞來。

中成喝了些酒，但那味道實在令人無法領教。

坐在中成身旁的妖鬼，甚至用人的頭蓋骨當酒杯喝酒。也有喀哧喀哧一直在啃咬人指的妖鬼。

鬼怪開始跳起舞來，此時，中成非常後悔來到此地。
在這種狀況下，他根本無法跳舞。
可以的話，他真想當場逃之夭夭。
中成全身顫抖不已。
「好，現在應該換大成大人跳個舞了。」
腰繫紅色兜襠布的妖鬼說。
妖鬼牽著中成的手，拉中成站起身。
中成一站起，現場馬上響起一陣歡呼，眾人開始打起拍子。
「這半個月來，大家都在期待今晚。今晚聚集在這兒的，有大半以上是聽到你的風聲，特地趕來的。咦……」
紅色兜襠布妖鬼望著中成說：
「大成大人，你在發抖嗎？」
「不、不、不、不……」
中成已語無倫次了。
「不必發抖，你只要像上次那樣跳就行了。」

紅色兜襠布妖鬼在中成背部推了一把，中成往前跌了幾步，來到火堆前。

眾鬼又發出震耳欲聾的歡呼。

「快，跳舞啊！」

「大成大人！」

「大成大人！」

「快跳啊！」

「跳呀！」

「跳呀！」

「跳呀！」

「大成大人！」

然而，中成卻無法動彈。

不但無法跨開腳步，連手都抬不起來。

中成欲哭無淚地環視四周，可見之處都是雙眼炯炯發光的妖鬼。

中成舉起顫抖的手，再抬起腳，把手搭在額上，勉強想跳舞，身體卻依然無法動彈。

早知道就不來了。

能不能取掉肉瘤也不在乎了。

中成此刻只想離開此地，活著回家。

不久，眾鬼的拍子逐漸微弱下來。

最後，拍子零零落落，眾鬼之間開始傳來抱怨。

「不好玩。」

青色兜襠布妖鬼說。

「嗯。」

「嗯。」

其他眾鬼紛紛點頭。

「不好玩。」

禿頭妖怪說。

「一點都不好玩。」

紅色兜襠布妖鬼說。

「這跟聽說的完全不一樣。」

「這種舞哪裡有趣了？」

「我還特地從讚岐（譯註：現香川縣）趕來的！」

「我是從日向（譯註：現宮崎縣）來的！」

「也有特地從播磨（譯註：現兵庫縣）來的！」

「我是陸奥（譯註：現青森縣）來的！」

眾鬼開始嘁嘁喳喳喧嚷起來。

「把他抓起來吃掉吧！」

「喔，吃掉吃掉！」

「眼珠給我吸吮！」

「那我來吃陰莖好了！」

「那個還在動的心臟就給我吧！」

大家異口同聲說出令人毛骨悚然的話。

這時，中成早已癱坐在地。

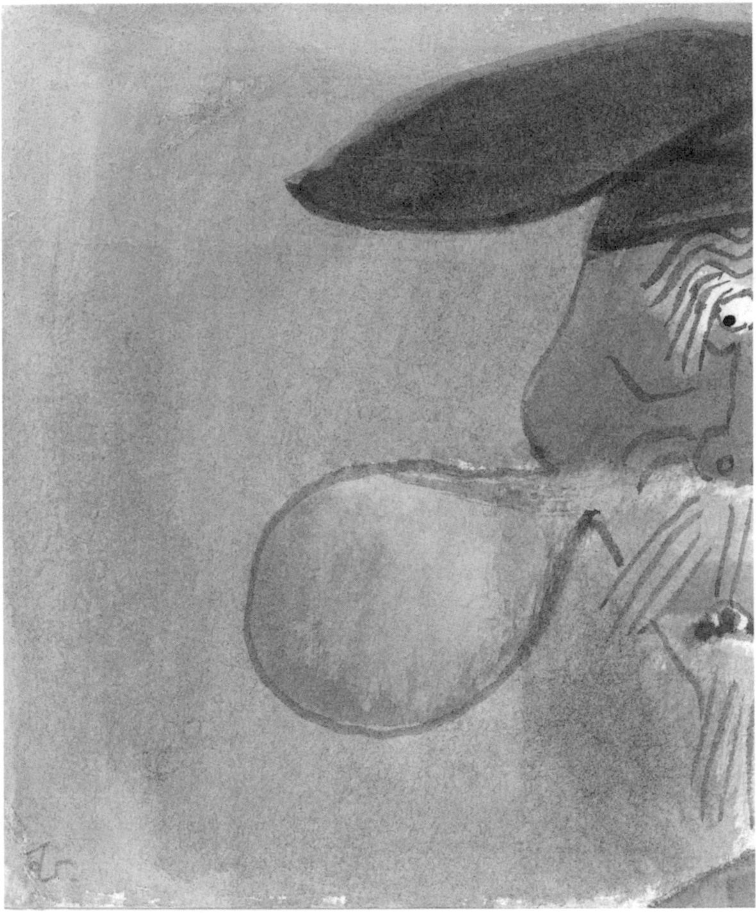

「可是，他既然依約來此，我們也不能毀約吃掉他吧。」

也有耿直的妖鬼如此說。

「我們不能像人類那樣輕易毀約。」

「把當抵押的肉瘤還他，再把他趕出去算了。」

「喔！」

「喔！」

繫著青色兜襠布的妖鬼自懷中取出從大成臉頰取下的肉瘤。

「還給你。」

說畢，便將手中的肉瘤用力貼在中成的右頰上。

於是，那肉瘤竟像本來就掛在那兒一般，緊貼在中成右頰。中成的左頰與右頰，都各自掛著個肉瘤。

「喂，偷窺禿頭！」

牛首人身的妖鬼向禿頭妖怪喚道。

「什麼事？」

「既然將肉瘤還給他了，等於我們已經守約了吧？」

「嗯。」

禿頭妖怪點頭。

「那麼，現在我們可以吃掉他了吧？」

牛首人身的妖鬼說。

「唔，有道理。」

禿頭妖怪再度點頭。

此時……

中成哇的一聲哭倒在地，將臉貼在地面。

「請原諒我！請饒我一命！」

中成涕淚縱橫地說。

「我老實招了，其實我不是平大成。」

「什麼！」

紅色兜襠布妖鬼瞪大了眼睛。

「我叫平中成，是大成的雙胞胎弟弟。」

「那麼，弟弟的你，為什麼會來到這兒？」

「正如大家所見，大成的右頰有個肉瘤，我的左頰也有個肉瘤；我聽大成說，是你們幫大成取下肉瘤，所以我也想讓大家幫我取下肉瘤，就假裝是大成跟隨大家來到這兒了。」

「你為什麼討厭肉瘤？肉瘤是福神的證明。」

「不，不管其他人怎麼說，對當事者的我們來說，這肉瘤不但礙眼而且很醜。」

「是這樣嗎？」

「我已經不求讓大家幫我取下肉瘤了，只希望大家今晚饒我一命，讓我平安無事回家。」

聽完中成的話，紅色兜襠布妖鬼和青色兜襠布妖鬼似乎在盤算該怎麼辦。

不久……

「好吧，今晚就讓你平安無事回家。」

紅色兜襠布妖鬼如此說。

「太、太感激了！」

中成叩頭一般將額頭緊貼地面。

「可是，下次的酒宴，你務必要帶大成來這兒跳舞。」

青色兜襠布妖鬼接道。

「喔，是呀，讓大成來跳舞！」

禿頭妖怪隨後說道。

「對呀，叫大成來跳舞！」

「讓他來跳舞！」

其他妖魔鬼怪紛紛贊同。

「你聽好，大成既然讓你代替他來這兒，表示大成不遵守我們之間的約定。」

「是、是。」

「既然如此，我們理當二話不說，立刻返回你們家，將大成和你通通吃掉。可是，如果大成答應下次再來跳舞的話，就可以饒你們一命。不過，要是下次跳得不好，就當場將你們吃掉……」

「知、知道了。」

中成只能連連點頭。

「下次是半個月後，滿月之夜。」

「是、是。」

「到時候會去接你們過來。」

「接我們？」

「聽好，別想逃。你們逃不出我們的掌心。無論逃到哪裡，我們總有辦法抓到你們，那時就真的非得從頭顱吃掉你們不可。」

「明白了！」

中成吶喊般地大聲回應，再度將額頭貼在地面。

五、

「總之，因為如此，平大成大人與平中成大人便來拜託我解決問題。」晴明說。

「原來如此，原來事情是這樣。」

博雅似乎總算理解事情的來龍去脈，點點頭。

「可是，晴明啊……」

「什麼事？」

「滿月之夜，不就是明晚嗎？」

「是啊。」

據說，這半個月來，中成與大成茫然失措，不知如何解決這個問題。

若準時赴約而舞跳得不好，妖魔鬼怪便會吃掉他們。

雖說只要把舞跳好就萬事大吉，但兩人都缺乏信心。

若失敗就會被妖鬼吃掉——內心懷著如此隱憂，怎可能將舞跳好？

那時是因為吃了紅瓜茸，才有膽量跳舞。

現今，任何地方都找不到紅瓜茸了。

倘若找得到紅瓜茸，再去摘來吃，也無法保證這回就一定能跳得像上回那般好。

大概再也跳不出來了。

既然如此，只能找和尚或陰陽師商量，讓他們解決問題了。

大成和中成是在昨晚才這麼決定。

「結果，兩人待天一亮，便早早來我這兒求見。」晴明說。

「那你打算怎麼辦？」

「兩位大人有時會分藥草給我，幫了我不少忙，我總得替他們設法解決吧。」

「有辦法可以解決嗎？」

「沒辦法也得想辦法呀。」

「那，你要去赴約？」

「去。」

「對方不是百鬼夜行的妖鬼嗎？晴明，真的不要緊嗎？」

「我也不知道……」

「喂，晴明，連你都說這種令人不安的話？」

「反正想來想去，我自有打算……」

「什麼打算？」

「怎樣？博雅，要一起去嗎？」

「一起去？去哪？」

「那可是百鬼夜行的鬼喔，平常可是想看也看不到，難得一見呢。」

「可、可是……」

「你跟我一起去，也許比我單獨去要好。」

「我？」

「怎樣？去不去？」

「可是……」

「不去嗎？」

「我又沒說不去。」

「那，走吧。」

「唔，嗯……」

「走。」

「走。」

事情就這樣決定了。

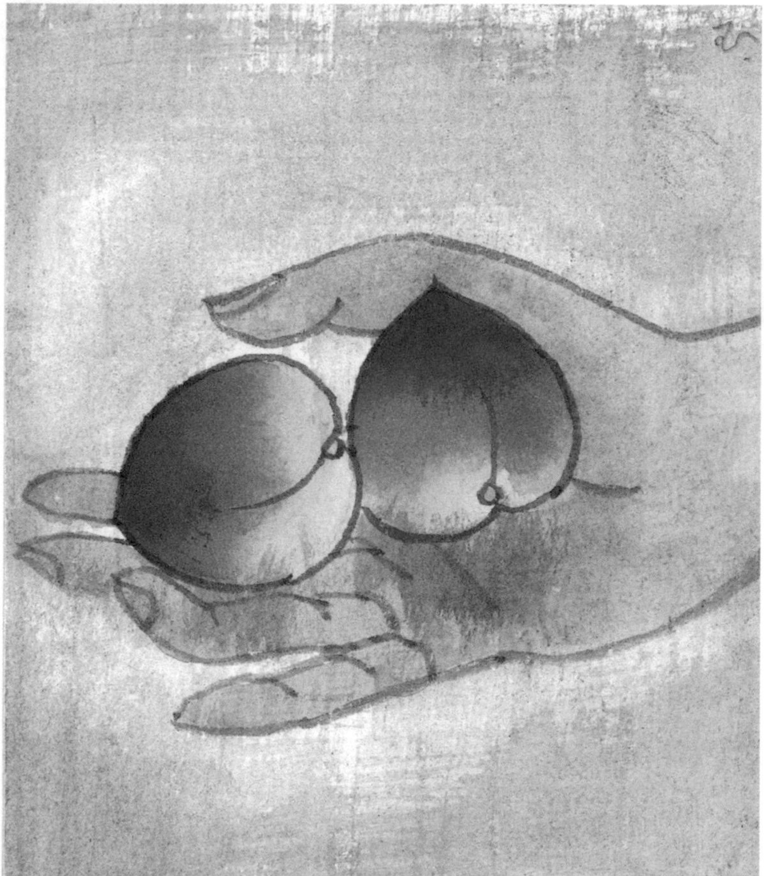

六、

晴明與博雅站在月光下。

這是平大成與中成的宅邸。

兩人眼前是一扇關得嚴嚴實實的大門。

方才還在兩人身邊的大成與中成，早已屏聲息氣躲在宅邸內。

「真會來嗎？」

博雅一臉緊張地問晴明。

「當然會來。」

晴明低聲回應，右手伸進懷裡。

「不過，在他們來之前，我想讓你先幫我做件事。」

晴明從懷中伸出右手，手中握著兩個桃子。

「這桃子怎麼了？」

「剛剛向大成大人要來的。」

「要來幹嘛？」

「你先吃下這桃子。」

「吃？」

「嗯。」

「兩個都吃？」

「對。」

「吃是無所謂，可是，為什麼要吃桃子？」

「等一下再慢慢說明，反正你現在先聽我的話，把桃子吃下。」

博雅從晴明手中接過桃子，開始吃起。

不久，吃完桃子，博雅打算將殘留在手中的果核丟掉。

「等等。」晴明說。

「怎麼了？」

「別丟那果核，你就含在口中。」

「含在口中？」

「含在口中後，再將果核塞進右頰。」

「什麼？」

聽晴明如此說，博雅仍摸不著頭緒。依言照做後，博雅的右頰看似微微凸了起來。

「再吃另一個。」

博雅從晴明手中接過第二個桃子，開始吃起。吃完，手中又剩下果核。

「把這果核也含在口中，這回塞進左頰。」

到了如此地步，博雅也只能乖乖按照晴明的吩咐去做。

結果，博雅的左右頰分別含了一個桃核。

「這樣可以嗎？」

因左右雙頰各含著桃核，博雅的聲音含混不清。

博雅的雙頰逐漸噗噗膨脹起來。

晴明又從懷中取出疊好的紙片。

「把這個收進懷中。」

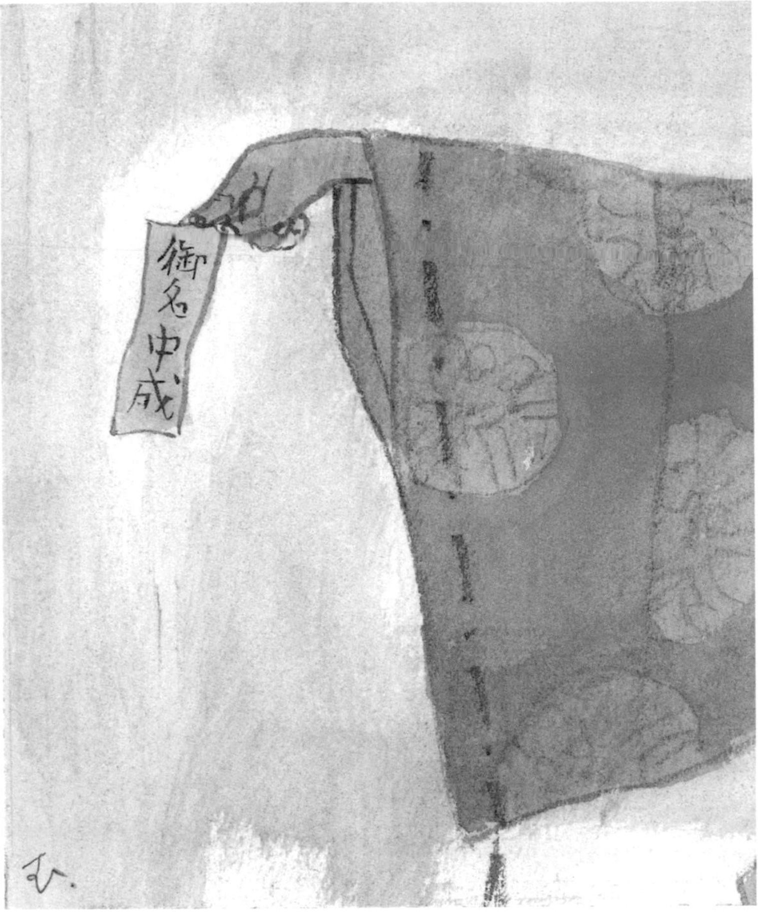
御名中成

博雅接過晴明手中疊好的紙片，在月光下仔細一看，發現紙片上寫著：

「御名中成。」

「這是什麼意思？」

「裡面包著中成大人剛剛給我的頭髮。」

「……」

「你將這個帶在身上，妖鬼便會把你當成中成大人。」

「原來是這麼一回事。」

「所以才在你的臉頰上也做了肉瘤。」

「可是，我的肉瘤好像比中成大人的小很多……」

博雅將紙片收進懷中，再用手掌貼在自己臉頰，說道。

「這樣就夠了。沒必要真的做成像中成大人那麼大的肉瘤。只要你的臉頰有點凸出，妖鬼會自己認定那是中成大人雙頰的肉瘤。正因為要讓他們誤以為如此，所以才讓你在口中含了桃核。」

「是這樣嗎？」

「嗯。」

「換句話說，我是中成大人，你是大成大人？」

「嗯，正是如此。」

「你什麼都不做，便能化身為大成大人？」

「我啊……」

晴明伸手輕輕貼在胸前。

「這兒早已藏著大成大人的頭髮了。」

晴明在月光下露出微笑。

「是嗎？」

「有一點我要先警告你……」

「什麼？」

「有關名字的事。」

「名字？」

「等一下妖鬼來時，會在大門外呼喚我們的名字。」

「唔。」

「到時，我們必須在被他們看見之前，先報出自己的名字。」
「喔。」
「我會先報出『我是大成』，然後你再接著報出『我是中成』。」
「嗯。」
「這樣的話，鬼便會中咒。」
「你想讓鬼中咒？」
「沒錯。」
「這真是太有趣了……」
「還有，與鬼接觸之後，你絕對不能叫我『晴明』。」
「是嗎？」
「一叫出來，咒便會失效。想叫我時，就叫『大成』。我也會以『中成』叫你……」
「明白了，晴、大成大人……」
「嗯。」
晴明點點頭，仰頭望著天空。

晴朗夜空懸掛著一輪滿月，附近有二、三片雲朵發出銀光，飄往東方。

「對方快來了……」

晴明喃喃自語。

沒多久，大門外開始瀰漫某種動靜。

不是腳步聲，卻又類似腳步聲。

不是人的竊竊私語，卻又類似竊竊私語。

也不是數不清的人或動物聚集一起、彼此身體互相碰觸的聲音，卻又類似那種聲音。

那確實是只能形容為「動靜」的氣息。

那動靜在大氣中發出嘶嘶聲，聚集於門外的黑暗中。

然後……

「大成大人……」

「中成大人……」

大門外傳來呼喚。

「你們在家嗎？」

「我們來接你們了。」

柔和又令人寒毛倒豎的聲音，持續從門外傳入。

「大成在此恭候。」晴明說。

「中成也在此……」博雅隨後接道。

「喔！」

大門外湧起一陣歡呼。

「他們在！」

「他們在！」

「大成大人！」

「中成大人！」

「原來你們在裡邊？」

晴明與博雅可以深切感覺到眾鬼喜不自禁的樣子。

「太高興了。」

「太高興了。」

晴明聽著眾鬼的聲音，對博雅悄聲道：

「我要開門了……」

鬆開門閂，晴明打開大門。

眼前出現百鬼集團。

「走吧。」

晴明穿過大門，率先走入百鬼集團中。

博雅咕嘟一聲吞下唾液，也向門外跨出腳步。

「喔，是大成大人！」

「喔，是大成大人！」

「大成大人出來了！」

「大成大人來了！」

月光中，百鬼集團騷鬧不已。

有額上長出一隻或二隻牛角的鬼。

也有獨眼禿頭妖怪。

四個乳房的女人。

臉上只有一張嘴，沒有眼鼻的女人。
腰繫紅色兜襠布的青鬼。
腰繫青色兜襠布的紅鬼。
像人一般用兩腳直立的狗。
長著手足的琵琶。
有兩隻腳的碗。
走路的長柄勺子。
鳥首男。
牛首男。
馬首女。
雙頭男。
長著翅膀的蛇。
狐。
狸。
數不清的蟲。

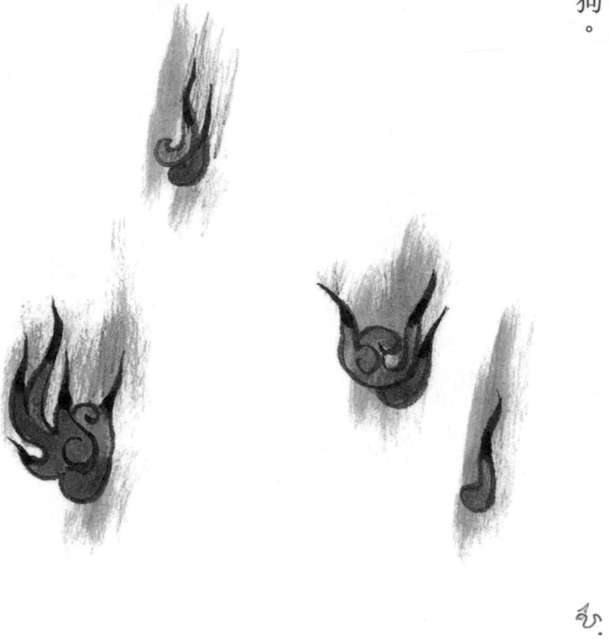

半邊身體已腐爛的死人。
外型是油罐的東西。
長著手足的眼珠。
只有頭髮的東西。
有張人臉的鳥。
浮在半空的頭顱。
用舌頭在地上爬的鬼。
白色東西。
黑色東西。
黃色東西。
不倫不類的東西。
對博雅來說，這麼多妖鬼當然是首次目睹。
倘若身邊沒有晴明，博雅大概看了一眼便要魂飛天外。
晴明悠然自得地走向百鬼。
博雅跟在晴明身後。

來到百鬼中央，獨眼禿頭妖怪霍地站到晴明面前。

「大成大人，你真的來了。」

「因為跟你們約好了。」

晴明若無其事地回道。

青色兜襠布紅鬼與紅色兜襠布青鬼也挨過來。

「來，來，今晚那邊備有車子。」

「請兩位搭乘那輛車子。」

紅鬼與青鬼催促晴明和博雅上車。

一看，果然有輛塗著黑漆的豪華牛車。

牛車裝飾著金色鏤刻、螺鈿雲彩與龍紋。

繫在牛車橫軛的不是牛，而是用兩隻腳直立的巨大蛤蟆。

「那，我們就不客氣了。」

晴明先上車，博雅隨後也上車。

咯蹬——

牛車開始前進。

七、

牛車行至朱雀大路。

眾鬼在朱雀大路往朱雀門方向北上。

掀開垂簾往外看，只見牛車四周群聚著蹦蹦跳跳的鬼。

妖鬼的步伐都各隨己意，有的走很快，有的則悠哉悠哉信步而行，更有邊走邊扭來扭去、左右擺動的妖鬼。

琵琶邊走邊用自己的手指撥弦，長柄勺子則邊走邊跳舞。

名副其實的百鬼夜行。

在這群妖魔鬼怪正中央，兩隻腳的蛤蟆拖曳著牛車往前行進。

「喂……」

博雅及時吞下「晴明啊」這句呼喚，接道：

「如果有人看到這群妖鬼，大概會認為遇見了百鬼夜行而嚇得魂不附體吧。」

博雅的聲音興奮非凡。

「如果看得到的話。」

晴明的聲音平心靜氣。

「看不到嗎？」

「除非是特殊例子，否則一般人無法看到妖鬼和我們的牛車。」

「為什麼？」

「因為我們處於陰態。」

「什麼？」

「以前為了火燒應天門那事件，你不也通過陰態了？」

「原來是那時的狀態？」

「唔。」

「可是……」

「別人看不到，你覺得遺憾？」

「遺憾？」

「你內心很想讓別人看到吧？」

「唔，嗯。」

博雅點點頭。

「不知為何，我雖然很害怕，心中卻又七上八下，興奮得心臟好像要跳出來似的。」

「……」

「沒想到自己竟會身在百鬼夜行之中。一方面感覺很恐怖，但另一方面卻希望有人看到，總之，我現在的心境很複雜。」

「老實說，我也是第一次進行百鬼夜行。」

晴明微笑。

博雅又將垂簾蓋住，問晴明：

「那，你也很興奮？」

「嗯。」

晴明雖點頭肯定，表情卻若無其事。

「不過，無論有多少妖鬼，因為你在我身邊，所以我感覺很安心，晴、大成大人……」博雅說。

「不要大意。若是在我家倒還無所謂，但現在我們身在外頭，周遭又圍著這麼多妖鬼，萬一曝露了身分，連我都無法預知會有怎樣的下場。」

「喂、喂……」

「我們的目的是得到那條能夠取下肉瘤的繩子，好讓這些妖鬼不再到平大成、中成——也就是我們的宅邸來。目的達成之前，你千萬別大意，中成大人……」晴明說。

「啊，明白了。」

博雅點點頭。

不久，牛車外傳來聲音。

「跟上次一樣，我們抄近路吧。」

是紅色兜襠布妖鬼的聲音。

咕咚。

咕咚。

牛車繼續前進，在大街小巷中左轉右轉……

然後，牛車抵達目的地了。

八、

酒宴開始了。

眾鬼在那棵巨人橡樹古木前的廣場，團團圍坐，舉著素陶酒杯相互敬酒，觥籌交錯。

有妖鬼拿人的內臟當下酒菜，也有妖鬼津津有味啃咬活老鼠、蛇頭。

更有妖鬼以看似人的頭蓋骨之物作為酒杯，喝著鮮血般赤紅的液體。

圓圈中心是火，已有迫不及待的妖鬼在自己打拍子、手舞足蹈了。

晴明與博雅並排坐在一起。

兩人左右各坐著紅色兜襠布妖鬼、青色兜襠布妖鬼。

每逢晴明與博雅的酒杯空了，二妖鬼便幫忙倒酒。

「來，來，大成大人。」

「來，來，中成大人。」

兩人面前擱著大盤子，盤上盛滿不知是什麼肉的烤肉，以及許多莫名其妙的吃食。

晴明會隨意伸手到盤中取吃食，送進自己口中；但博雅卻始終不伸手。

博雅只顧著將酒杯送到自己脣邊。

「你不滿意下酒菜？」

紅色兜襠布妖鬼問博雅。

「你儘管放心，這盤子內沒有裝人肉。」

青色兜襠布妖鬼也向博雅說。

「不，不是這個意思，中成我只要有酒就滿足了……」

博雅邊回應邊滿臉困惑地望向晴明，但晴明只是看熱鬧般露出微笑。

博雅逐漸不安起來。

因為博雅全然不知晴明到底如何打算，事前根本沒商討過。

晴明內心應有打算，但博雅完全猜不出來。再這樣下去，過不了多久，應該會輪到假扮大成的晴明出去跳舞。到時晴明打算怎麼辦？

不安歸不安，博雅也想看看到時晴明會如何應付。

如果，晴明以大成身分出去跳舞，應該也是很有看頭。

不安與好奇，在博雅內心逐漸增大。

幾杯酒下肚後，酒宴益發語笑喧嘩。

「應該有人出來跳舞吧！」

眾鬼之間到處響起叫聲。

「來啊，跳舞！跳舞！」

「誰要跳舞！誰要跳舞！」

「誰要跳！」

「誰要跳！」

眾鬼開始打起拍子。

「好吧，我第一個跳。」

獨眼禿頭妖怪站起身。

「喔，丹波的偷窺禿頭！」

「跳吧！」

「舞吧！」

眾鬼一打起拍了，禿頭妖怪便拋開手中正在吸吮的人眼，比手畫腳、滑稽可笑地跳起舞來。

隨禿頭妖怪的舞步，琵琶妖鬼也撥起自己身上的弦來。

其他眾鬼也和著舞步打起拍子。

眼前光景，正如博雅先前自晴明口中所聽到的描述。

「看哪，睪丸又露出來了！」

「那話兒又在搖來晃去！」

禿頭妖怪舞畢，另一個象鼻妖鬼站起來，

「下一個，我來……」

象鼻妖鬼說完便開始跳舞。

象鼻妖鬼使勁扭著屁股，猥褻地搖晃腰部。

「喂，搖厲害點！」

「喂，搖厲害點！」

「再加把勁！」

「加把勁！」

「加把勁！」

歡呼喧鬧聲更加響徹雲霄。

就這樣，幾個妖鬼輪番跳完了舞。

「應該可以了吧？」

有人如此提議。

「喔，今晚大成大人應該也在場吧？」

「大成大人與中成大人，兩位都在這裡。」

「那麼，就讓他們準備跳舞吧。」

「喔，跳吧！」

「上次我也是為了看大成大人的舞，特地從讚岐趕來的！」

「我是從日向趕來的！」

「我從播磨來的！」

「舞吧！」

「舞吧！」

眾鬼喘著氣，目光炯炯、咄咄逼人地望著晴明與博雅。

「怎麼樣？大成大人。」

「該為我們跳支舞了吧？」

紅色兜襠布妖鬼、青色兜襠布妖鬼接連問道。

「好的。」

晴明微笑點頭。

「喔，真的肯跳嗎？」

眾鬼間響起一陣歡呼。

「舞吧！」

「舞吧！」

聽著大家催促，晴明緩緩環視眾鬼。

「不過，跳舞之前，有兩件事想請大家幫忙。」

「幫忙？」

「是。」

「什麼事？說來聽聽。」

「第一件事，是有關我的肉瘤。」

「肉瘤？」

「上一回夜晚，你們用繩子取下我的肉瘤。」

「嗯，取下了又如何？」

回答晴明的是坐在附近的獨眼禿頭和尚。

「肉瘤取下了，不但不痛不癢，臉頰也沒留下任何傷痕，這點令我感到很不可思議。」

「那繩子是取瘤繩，是稀世珍寶。」

「取瘤繩？」

「嗯。那是往昔吉備真備大人渡海到大唐時，從大唐帶回來的物品。是天下無雙的珍寶。」

禿頭妖怪向晴明說明。

「用那繩子取下肉瘤，不僅不癢不痛，也不會留下傷痕，而且那肉瘤的切口，可以再度貼在任何人身上。」

「那繩子本來是大唐皇帝玄宗皇上為了切除腰部脂肪，命道士製作出來的。」

「吉備真備大人離開大唐時，皇上將繩子賞給他。」

紅色兜襠布妖鬼與青色兜襠布妖鬼輪流說道。

「在巳年巳月巳時，收集百餘孕於腹中、還未落地之胎兒臍帶，曬乾後以金剛力士般的巨大力量揉捻，再浸於蛟血中一百零二晚，最後才形成如此細的繩子。」

偷窺禿頭妖怪從懷中取出那條細繩。

「禿頭妖怪大人如何得到這物品？」晴明問。

「這珍寶自從吉備大人過世後，一直不為人知，存放在紫宸殿深處，老早我就覺得真是暴殄天物了。前些年應天門失火，我跑到宮內看熱鬧，趁著騷動混亂，順手帶走。」

「我能不能拿在手中仔細瞧瞧？」

「這就是你的第一個請求？」

「是。」

禿頭妖怪將手中的細繩遞給晴明。

晴明接過繩子，拿在手中仔細端詳，然後說：

「第二個請求是有關中成的事。」

「中成大人的什麼事？」

紅色兜襠布妖鬼問。

「上次夜晚，中成舞得不好，聽說讓各位失望至極。老實說，中成擅長的並非舞蹈。」

「是嗎？」

「中成擅長吹笛。」

「笛？」

「就那樣失敗的話，中成太沒面子了。如果大家願意，能不能在我跳舞之前，先讓中成表演一次吹笛？」晴明說。

大吃一驚的是在一旁靜默觀看事情演變的博雅。

博雅做夢也沒想到會在這種場所吹笛。

喂——

博雅用抗議的眼神瞪視晴明。

口中塞了兩個桃核，很不方便，教人如何吹笛？

「中成，怎樣？這是個好機會，趁這個機會吹一下笛吧……」

突然被人沒頭沒腦點名，博雅也很為難。

博雅望向晴明，想猜測晴明的內心意向，看他說這話到底是認真的還是開玩笑。

「中成，吹笛……」晴明說。

晴明應該知道博雅口中塞著桃核。既然如此，還要博雅吹笛，一定有他的理由。

「如果大成大人說的是事實，我也很想聽聽中成大人吹笛。」

青色兜襠布妖鬼開口。

「我也想聽。」

「唔。」

「吹來聽聽吧，中成大人。」

「中成大人！」

眾鬼紛紛呼喚博雅。

「你就吹一下嘛，中成……」

身分是大成的晴明說。

晴明的表情、語調，都不像在開玩笑。

「知、知道了。」博雅點頭。

博雅決定豁出去。

雖然口中含著桃核，但應該勉強可以吹笛。

「喔，中成大人要吹笛嘍！」

「吹笛！」

「吹笛！」

眾鬼一陣歡呼，開始打起拍子。

博雅從懷中取出向來都帶在身上的葉二。

葉二——

這是往昔博雅於朱雀門與某妖鬼邂逅時，那妖鬼送給博雅的笛子。

話說某天滿月之夜，博雅邊吹笛邊信步走在京城大路，然後，不知自何處隱隱約約也傳來笛聲。

博雅被那凡間絕無的優美音色吸引，邊吹笛子邊順著笛聲，走到朱雀門。

原來有人在朱雀門上吹笛。

自此以後，博雅便每晚都來到朱雀門，兩人於門上、門下，互相奏和。

如此以笛相會了數晚，某天夜晚，門上的吹笛人向博雅提議：

「你的笛子和我的笛子交換，我們來對吹看看。」

兩人交換了笛子再度對吹，就那樣一直沒有換回來。博雅的笛子讓給朱雀門上那個吹笛人，而朱雀門上那個吹笛人的笛子便一直留在博雅手中。

留在博雅手中那枝笛子，正是葉二。

曾有一時，宮中謠傳這枝笛子是朱雀門妖鬼的笛子。

博雅手持笛子，貼於脣邊。

優美音色自笛子滑出。

笛聲響起的瞬間，眾鬼都停止打拍子。

笛聲在夜氣中滴溜溜滑出，融化於月光中。

眾鬼的喧鬧聲逐漸消失，一個、兩個——製造噪音的、發出嗓音的，眨眼間都靜默下來。

連竊竊私語、清嗓子的咳聲也消失了。

博雅的笛聲在月光中染上顏色。

同時，博雅的靈魂也隨笛聲融化，看似在與月光嬉戲追逐。

眾鬼失去了聲音。

宛如一把磨得很利的刀刃，冷不防插入靈魂中。

自己所吹的笛聲傳到自己耳邊，博雅內心的恐懼便無影無蹤了。

博雅已與四周的樹、石、雲、風同化，成為大自然的一部分。

像是頭上照射下來的月光，一度滲入博雅體內再化為笛聲，最後自博雅肉體迸出一般。

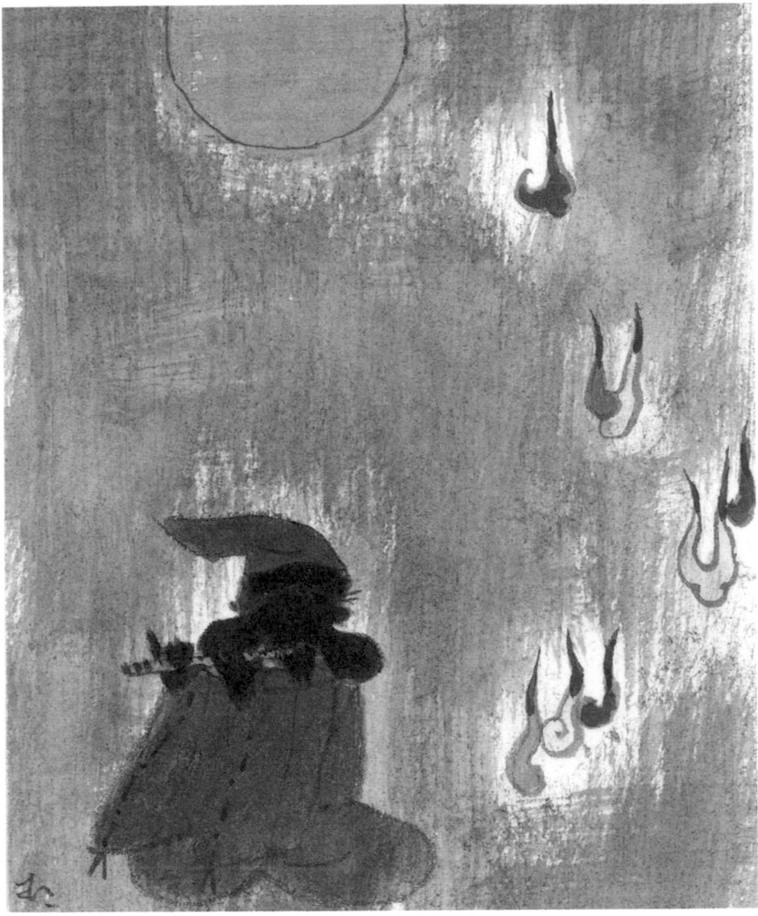

樹木感應於笛聲。

草、蟲感應於笛聲。

天地感應於名為「源博雅」的靈魂。

而眾鬼，也感應於源博雅的笛聲。

天地——包括地上所有一切、地上所沒有的一切，都自願為了博雅的笛聲而捨身。只能說，天地自身本來便渴望有人將祂表達出來。

天地與森林內的精靈，自四面八方靜悄悄聚攏在博雅身邊。而且，在吹笛的博雅面前下跪，奉上自己的一切。

博雅則以自己的肉體接受萬物的奉獻，轉化為笛聲，再度將一切解放於天地間。

這真是無以言喻的一種官能現象啊！

「喔……」

禿頭妖怪發出呢喃般的感嘆。

「這真是……」

「這真是……」

紅色兜襠布妖鬼與青色兜襠布妖鬼，都因無法表達全身滿溢的某種感情，而扭動著身子。

眾鬼淚流滿面地聆聽博雅的笛聲。

眾鬼都用手擦抹頰上的淚痕。

博雅停止吹笛後，眾鬼依然發不出任何聲音。

因為博雅的笛聲在天地間起了感應，餘音還在森林、樹木、石及風中纏繞，響徹四周。

即便發出的聲音極其微小，恐怕也會讓那餘音消失。

過了一會兒，眾鬼間傳出啜泣聲。

原來是偷窺禿頭妖怪在哭泣，眼淚從獨眼中撲簌流個不停。

「第一次聽到這麼優美的笛聲……」

偷窺禿頭妖怪顧不得抹眼淚，感慨地說。

「這一百數十年來，我從未流過一次眼淚……」

紅色兜襠布妖鬼也邊哭邊點頭。

「是啊……」

青色兜襠布妖鬼跟著喃喃自語。

「這真是太可怕了，聽過這種笛聲之後，往後，無論我們玩什麼遊戲，恐怕都提不起勁來……」

其他妖鬼也無言以對。

此時……

「這不是葉二嗎？」

有人如此說。

循聲一看，圍坐成圓圈的眾鬼中，走出一個身穿白色盛裝、眉目清秀的美少年。

年約十五、六歲。

烏黑長髮束在後方，以輕快的腳步來到大家面前。

光腳。

肌膚白得像雪。

臉上如女人一樣化著妝。

雙頰微微抹上胭脂，雙唇不知塗上什麼，紅得像血。

「那笛子，依然不同凡響。」
少年的聲音老成持重。
少年站到博雅面前。
看上去像是高貴人家子弟，風格雅緻。
「喔，這不是朱呑童子（譯註：酒呑童子，傳說中的妖怪）嗎？」禿頭妖怪說。
「我聽說今晚可以看到有趣的舞姿，所以趕來湊熱鬧，沒想到竟能聽到如此銷魂奪魄的笛聲……」
名為朱呑童子的少年說道，既不針對禿頭妖怪，也不針對博雅。
「這笛聲，分明是葉二……」
朱呑童子自言自語。
「提到葉二，那是數年前的夜晚，我在朱雀門與源博雅大人交換的笛子。當年的葉二，為什麼會在平中成大人手中？」
「……」
博雅答不出來。

只能以求助的眼神望向晴明。

晴明不知是否察覺到博雅的視線，只以清澈的眼光望著朱呑童子。

「即便是博雅大人將笛子讓給中成大人，這笛子也非任何人都吹得出笛聲。能吹這笛子的，除了我以外，在這世上應該只有一、二人，其中一人正是源博雅大人……」

童子開口講話時，鮮紅雙唇唇角隱約可見細小尖銳的白牙。

「這世上能夠吹奏如此優美笛聲的人，據我所知，除了源博雅大人，別無他人。」童子說。

博雅握著笛子，一句話都說不出來。

此時……

「啊哈……」

晴明發出愉快的聲音。

「本來想過一會兒再露出真面目，既然事已至此，那就沒辦法了。」

晴明站起身，來到博雅身邊。

「其實，我們不是平大成大人，也不是平中成大人。」

晴明說畢，紅色兜襠布妖鬼目光如炬地望向晴明，說：

「什麼！」

「這一位正如童子大人所知，是中將源博雅大人。我是土御門小路的安倍晴明。」

晴明一說完，咒使解開了。

站在眾鬼面前的大成與中成，瞬間變成安倍晴明與源博雅兩人。

「哎呀，這……」

「這兩人不是平大成、中成大人……」

「是安倍晴明與源博雅！」

眾鬼異口同聲驚叫。

「土御門的安倍晴明不是我們的敵人嗎？」

「將他們吃掉！」

「對，吃掉！」

「就算晴明是個傑出的陰陽師，在為數眾多的我們面前，能玩什麼把戲？」

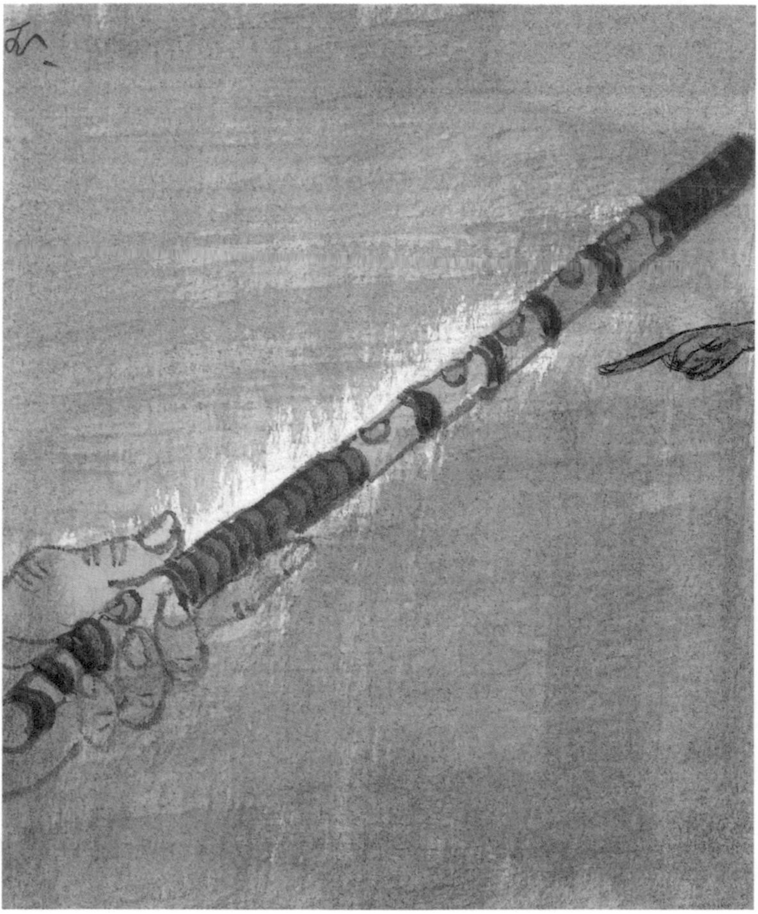

「吃掉！」

「對，吃掉！」

眾鬼嘁嘁喳喳，蠢蠢欲動。

這時……

「慢著，慢著……」

出聲的是身穿白色禮服、手持枴杖的老人。

那老人白髮、白鬍，額頭長出一隻小犄角。

「喔，原來是一角翁！」

禿頭妖怪叫道。

「安倍晴明大人不見得是我們的敵人。五年前，我所棲息的西京老宅邸遭人拆毀，正是晴明大人幫我在油小路找到新住居。」

額上有犄角的老人「一角翁」說道。

「不只是我，其他應該也有因協助晴明而得到報酬，或受過晴明關照的吧？」

一角翁說完，眾鬼中出現一條白色巨蛇。

「晴明大人、博雅大人，久違了。」

巨蛇發出女聲，向兩人俯首致意，再向眾鬼說：

「我生產時，多虧這兩位大人協助才保住一條小命。」

「我也是！」

從鬼群中走出來的是身穿黑色公卿便服、目光銳利的男人。

「喔，是黑川主！」

紅色兜襠布妖鬼叫道。

「幾年前，我纏住一個女子，打算作祟，不料竟不知不覺愛上她，她還懷了我的孩子。雖然晴明大人揭穿了我的真正身分，致使我不得不同那女子分手，但也因為晴明大人的寬大裁奪，現在我才得以同吾子共享天倫樂。」

那位全身黑色打扮的男人「黑川主」如此說道。

「我也受過晴明大人的關照。」

「我也是。」

「我也是。」

附議聲此起彼落。

「可是，應該也有對晴明懷恨在心的吧？」

青色兜襠布妖鬼反問。結果……

「喔，當然有！」

「我就是其中之一。」

「我也是。」

「因為晴明的干擾，害我失去啖噬一個香噴噴嬰兒的機會。」

「有次上了晴明的當，吃了某人的內臟，結果吃下的其實是燒得火紅的銅塊。」

抗議聲此起彼落。

「太麻煩了！事情很簡單，不想吃晴明的，不吃就是了。想吃的，吃掉這晴明就是了。」

「博雅中將怎麼辦？」

「吃掉太可惜了。」

「是啊，尤其在聽過他的笛聲之後。」

眾鬼的圓圈逐漸縮小。

「喂，博雅，太好了，看樣子大家不會吃掉你。」

晴明如同局外人般對博雅說。

「晴、晴明？」

博雅不知如何是好，望著晴明。

「晴明啊，我雖然想不出什麼妙計可以救你，倒是已有在此與你同生共死的心理準備。我根本不打算自己保命……」

「你真是個好漢子，博雅……」

晴明微笑道。

「你昏頭了？這種關鍵時刻，你還說得出這種話？晴……」

「對了，你剛剛說想不出什麼妙計可以救我，其實沒那回事。」

「你說什麼？」

「我是說，你有辦法救我。」

「什麼！」

「博雅，你快吐出口中含著的東西。」

「什、什麼？」

「別說廢話了，快吐出來。」

聽晴明如此說，博雅慌忙吐出含在口中那兩個桃核。

桃核滾到博雅與晴明的腳跟前。

瞬間，圍著晴明與博雅、正逐步逼近的眾鬼，哇的一聲紛紛往後跳開。

「什麼東西！」

「桃核！」

「什麼！」

不安情緒在眾鬼之間擴散。

「是桃核。」

「是桃核。」

很多妖鬼都往後方退後，其中更有就地消失無蹤的。

「這是怎麼回事？晴明。」

「自古以來，桃子便是神聖果實。」

晴明向博雅解釋。

「你知道伊奘諾尊從黃泉之國逃回來後，就是躲在桃樹內這事吧？」

「唔，嗯。」

「那時，為了擊退黃泉軍，伊奘諾尊拋出的正是桃核。」

《古事記》、《日本書紀》中都有這則神話，當然博雅也知道這個故事。

「桃子在唐國不也是一種避禍保身的象徵嗎？」

晴明望著眾鬼，向博雅說明。

沒逃走而待在晴明身邊的，只剩下朱吞童子、一角翁、白蛇及黑川主而已。偷窺禿頭妖怪、紅色兜襠布妖鬼、青色兜襠布妖鬼，均和其他妖鬼一樣退到後方，遠遠觀望晴明與博雅。

「不愧是陰陽師，準備周到。晴明大人……」

朱吞童子開口。

「是。」

晴明若無其事地點頭。

「話說回來，朱吞童子大人……」

晴明向少年打扮的妖鬼說。

「什麼事？」

「就這樣等到天亮，問題也無法了結。」

「嗯。」

「能不能請你提出個完滿的解決方法？」

「說得也是。」

朱吞童子望著晴明說道。

「晴明大人、博雅大人，既然兩位大人冒充大成、中成大人來到此地，是否另有目的？」

「沒錯。」

「什麼目的？」

「目的之一是希望大家以後別再去糾纏大成大人與中成大人。」

「另一個呢？」

「剛才我拿到手的這條取瘤繩，據說原本是皇上的所有物？」

「嗯。」

「我想親自送回這條取瘤繩。」

晴明捏著手中的繩子說。

「禿頭妖怪大人，你認為如何？」朱吞童子問道。

「唔，唔，唔……」

退到遠方觀望兩人交談的禿頭妖怪，發出呻吟。

「那麼，晴明大人可以提出什麼交換條件嗎？」

「什麼交換條件比較好？」

朱吞童子聽晴明如此說，環視眾鬼。

「如果要我提出個人願望，我希望現在能再聽一次博雅大人的笛聲。」

朱吞童子邊說邊將視線移到晴明與博雅臉上。

「喔！」

眾鬼之間發出歡呼。

「對啊。」

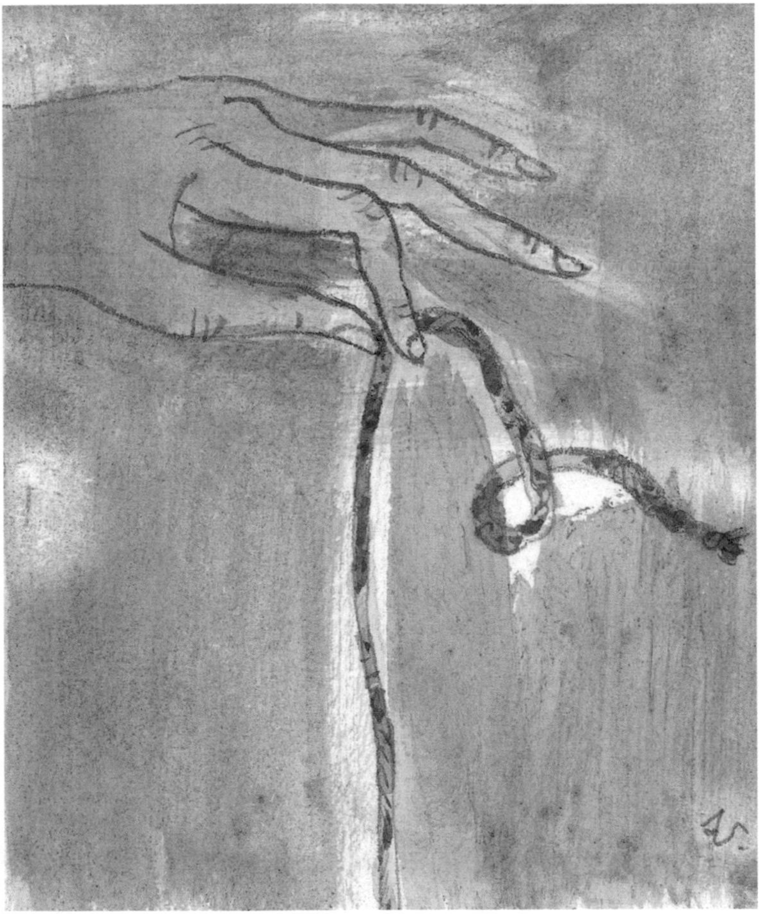

「我也想再聽博雅大人的笛聲。」

「想聽。」

眾鬼隱藏的森林中湧起一陣竊竊私語。

「還有一個條件。」朱呑童子說。

「什麼條件？」

「我們當然不會要求博雅大人每年都到此地，不過，能不能請博雅大人於每年的今月今日夜晚，在朱雀大路邊走邊吹葉二笛子，從朱雀門一直走到羅城門？」

「葉二？」

「每年當天夜晚，我們會聚集在朱雀大路左右兩側陰暗處，聆聽博雅大人的笛聲。這條件如何？」

朱呑童子語畢，四周馬上響起叫聲。

「喔，這條件好！」

「這條件真是不錯！」

「我也想聽。」

「我也想聽。」
「我也要去。」
「我也……」
「我也……」
「我也……」
漆黑森林中，傳來眾鬼喜不自禁的喧嘩。
「博雅大人，請你放心。當天夜晚，任何妖鬼都不會打攪你。如果有人想對你怎樣，或有盜匪想襲擊你，我們會當場吞噬殺掉對方。」朱吞童子說。
說完，朱吞童子又望向禿頭妖怪，低聲問道：
「這樣可以嗎？」
「可、可以。」
禿頭妖怪呻吟般地點頭應允。
「若能與博雅大人的笛聲交換，取瘤繩根本不算什麼。」

「好。」

「好。」

「好。」

眾鬼在黑暗中頻頻點頭。

「博雅，怎樣？」晴明問。

「我當然沒問題，若是我的笛聲可以當交換條件，隨時奉陪。」

博雅說畢，眾鬼間傳來一陣歡呼。

「可以聽博雅大人的笛聲嘍！」

「每年都可以聽到那笛聲嘍！」

晴明聽著眾鬼的歡呼，彎下腰伸手撿起落在腳跟前的兩個桃核，收入懷中。

「那麼，博雅啊，你就踐約吧，能不能再吹一下葉二？老實說，我也想再聽聽你的笛聲。」晴明說。

「喔，當然可以。」

博雅用力點點頭，再度將葉二貼在脣上。

九、

一輪開始月缺的明月，懸掛在中天。

青色月亮皎潔又清澈。

無論是夜氣中還是晴明宅邸庭院，冬的氣息早已潛入。

晴明與博雅坐在窄廊，相對飲酒。

一如往常，兩人之間擱著兩只酒杯、一支酒瓶。

蜜蟲坐在兩人之間，正往杯內倒酒。

「事情能夠完滿解決，實在太好了，晴明。」

「唔。」

晴明邊點頭邊舉起酒杯，送至紅唇。

「不過，要是那晚朱呑童子大人不在場，晴明，你到底打算怎麼辦？」

「還是有種種方法可以解決。總之，不管事情演變得如何，我都打

算以類似的方式解決，只是多虧朱吞童子大人在場，讓事情進行得快一點。」

「可是，要是雙方條件談不攏，你打算怎麼辦？」

「要是談不攏，到了最後關頭，我打算用桃核布出一個結界，在結界內熬到天亮。還好事情沒發展到那地步。」

「話說回來，晴明啊，你用取瘤繩自中成大人臉頰取下的那兩個肉瘤，到底要用在哪裡？」

「喔，你是說從兩位大人身上取來的肉瘤？」

「正是。」

「那肉瘤，是兩位大人長年吃下的藥草聚生而成的。非常珍貴，不但可以治百病，也可以成為毒藥。」

「可是，晴明啊……」

「又怎麼了？」

「結果在這回事件中，占最多便宜的人是你？」

因為晴明不僅得到肉瘤，也得到取瘤繩。

「你說呢？」

晴明微笑，又將酒杯送到脣邊。

「對了，博雅，你帶來葉二了嗎？」

擱下酒杯，晴明問博雅。

「喔，在這兒。」

「吹一首來聽聽好不好？」

「好啊，可是為什麼？」

晴明伸手從懷中取出另一只酒杯，擱在窄廊地板上。

現在酒杯有三只。

晴明在酒杯中倒酒，再向博雅說：

「因為有人等不及明年了。」

「什麼意思？」

晴明不作答，將視線移向庭院。

「請過來吧。」

晴明對著庭院開口。

「到這兒來邊喝酒邊一起聆聽博雅的笛聲吧。」

說畢，庭院黑暗處傳出一陣低沉笑聲。

博雅望向庭院，才發現庭院半空的月光中浮出一個發出朦朧白光的人影。

是身穿白色便服、赤腳的少年。

原來是朱吞童子立在半空中。

「你察覺到了？晴明。」

「要不要過來？」

「恭敬不如從命。」

朱吞童子邊說邊在空中跨出腳步，緩緩挨近。

這時，朱吞童子身後響起聲音。

「朱吞童子大人，你不能搶先一步哪。」

「請讓我也一起……」

仔細一看，庭院一隅，又出現了一角翁、黑川主及身穿白衣的白蛇女。

「可以加入嗎？晴明大人……」

一角翁問道。

「當然可以。」

晴明浮出笑容向大家點頭。

博雅徐徐吹起笛子。

笛聲在月光中滑溜地往天空飛昇。

晴明與黑川主、白蛇女，以及一角翁、朱呑童子，均默默無言，傾耳靜聽博雅的笛聲。

了

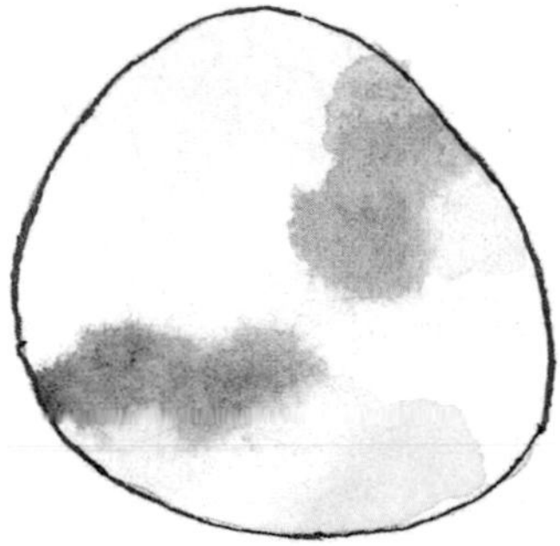

作者後記

變幻自如的畫師

很久以前就喜歡上村上豐先生的畫。

他畫的女人嫵媚動人。

有時候彷彿可以從畫中聽到那女人的聲音。

連妖怪、鬼魅都能畫得嫵媚動人。

每個妖怪都悠哉悠哉，且奇形怪狀。

畫風自由。

人的肉體也能隨意變化，毫無法則。

童話的畫也是嫵媚動人，至今為止，他曾幾度為我那笨拙的文章畫過畫。

安倍晴明《陰陽師》則是我懇託他務必執筆幫我畫的。

正如漫畫《陰陽師》非岡野玲子小姐的畫不可一樣，小說《陰陽師》

也非村上豐先生的畫不可。

很早以前便一直盼望能與村上先生合作，製作類似繪本的《陰陽師》。

二〇〇〇年夏季，開設網站之際，正想籌劃些好玩的網站內容，當下便想到村上先生的畫。

我打算在網站內連載《陰陽師》新作，再請村上先生為新作作畫。

當然不是插畫。

而是正文與畫等量的故事。

簡單說來是繪本，老式說法正是「圖畫故事」。

我正是想同村上先生一起製作這種故事。

向村上先生說明我的構想後，他很爽快地答應，沒多久便實現了這件事。

真是令人大喜若狂。

當我看到完成的畫，興奮得很。

村上先生畫的妖魔鬼怪，個個栩栩如生，好像可以跳出來講話、大笑或發怒般。瞧牠們是多麼自由地呼吸著那個時代的黝黯呀！

一本圖畫故事傑作完成了。

有趣。

我深深感到能與村上豐先生的畫邂逅是一種幸福。

在此，心怦怦跳地向各位讀者獻上此書。

二〇〇一年　夏季

夢枕獏

夢枕獏公式網站：http://www.digiadv.co.jp/baku

繪者後記

和鬼魅同樂

古時候的暗夜，大概是現代人難以想像、深濃得伸手不見五指那般漆黑吧。

無可置疑的是，連各式各樣的妖魅生命都自然而然攬在懷中的漆黑，確實曾經存在。

那漆黑正是陰陽師活躍的場所，也是能讓冤魂、鬼魅、妖怪潛伏且猖獗跋扈的世界。

想來還真是個不可思議又生動有趣的漆黑世界。

現代沒有那種漆黑世界。

雖也有類似妖鬼的東西存在，但一點都不可愛，跟人類也無法心靈相通。

那麼，我們就在夢枕先生描述的故事中，同妖怪、鬼魅和睦相處，尋找現代人也能共鳴的某種妖魅世界，一起享受這種樂趣吧。

村上豐

對談——節選自《文藝春秋》雜誌／二〇〇五年九月

夢枕獏VS村上豐

用筆和繪筆所編織出的平安之黑暗

夢枕獏，一九五一年生於神奈川縣小田原市。東海大學日本文學系畢業。一九七七年，在《奇想天外》雜誌發表〈青蛙之死〉而出道。之後，以《陰陽師》、《狩獵魔獸》、《餓狼傳》等熱門系列小說為首，在眾多領域中令廣泛讀者為之著迷。

村上豐，一九三六年生於靜岡縣三島市。三島南高校畢業。一九六〇年為《產經週刊》連載小說繪製插圖而出道。之後，活躍於插畫、繪本製作領域。分別在一九六一年獲得講談社插圖獎，一九八三年獲得小學館繪畫獎，一九九八年獲得菊池　獎。作品有畫冊《墨夢》等。

——這次將出版《陰陽師》系列小說單行本《瀧夜叉姬》。不過，夢枕先生的文章配上村上先生的插圖這個組合，應該已經持續十九年了吧。

夢枕：啊，原來已經委託了這麼多年……十九年前的話，我當時仍是三十五歲。

村上：雖然承蒙抬愛而合作了這麼久，我們卻很難有接觸的機會。

夢枕：是啊。所以今天是個很難得的機會，我想多請教一些有關村上先生的畫的問題。村上先生為《陰陽師》畫的妖怪，是不是也同樣參考了各種資料而畫成的？

村上：因為只有古代的畫卷可以當參考資料，所以大部分都是看了畫卷之後，再靠自己的想像而畫出的。我注意的是盡可能不要畫成一看就知道是假的。我認為，該怎麼畫得看起來像是真的，正代表該畫家的本領。因為怪物那類的，大體上沒有人親眼看過（笑）。只是，說真心話，我自己也不太想畫那些讓人覺得很恐怖的畫。

夢枕：村上先生的妖怪都很可愛，或許應該說很有魅力，很有個性。

村上：其實說起來我還滿喜歡那種世界。我覺得，真正可怕的，是沒有發生任何事的那種。比如說小時候，大家都說會出現什麼什麼的，可是，真的一把拉開家裡的走廊的拉門時，裡面卻什麼也沒有。我覺得那種才真的很可怕。

夢枕：以前我家也很舊，我也是很害怕。

村上：廁所很可怕吧？

夢枕：是的。既不是抽水馬桶，廁所的燈光又很暗。所以小時候我上廁所時都開著門……村上先生的畫大多是水墨畫，在我看來，用毛筆和墨汁竟然可以畫出那麼自由的線條，真的很不可思議，是不是因為沒有跟著老師正式學畫，反倒比較好呢？

村上：我想應該是吧。一般說來，所謂美術，不僅水墨畫，油畫也好、日本畫也好，只要跟著老師正式學畫，通常都不得不畫成跟老師一模一樣的畫。我雖然沒有去美術學校正式學畫，但聽說去了美術學校的人，為了想得到好分數，都會在不自覺中畫成老師所喜歡的類型。

夢枕：畫來畫去畫到最後無法抽身，結果那個類型就成為自己的風格。

村上：是的。書法也一樣。像我，雖然經常有人說「你寫的字很有意思」，不過，我只有在小學和初中時學過書法，在還未完全定型之前就脫離常軌、走進岔路了。

夢枕：譬如寫《陰陽師》的標題文字時，是不是沒有經過大腦仔細思考，直接一筆就寫成的？

村上：是的，沒有事前準備，一筆就寫成。所以，當我認為，啊，這條線有點偏左時，在寫下一個字時，我就會修正一下軌道，稍微偏右。

夢枕：畫也大致是這樣嗎？

村上：是，畫也一樣。

夢枕：先唰唰畫下一筆，然後再承擔第一筆線條的責任，決定第二筆該怎麼畫嗎？

村上：是的。這正是我不先做素描，一筆就畫下去的理由。正因為這樣，才能畫出有意思的畫。比如說，人的身體，我都從自己喜歡的地方開始畫。根據不同人，或許也有人習慣從臉部畫起。

夢枕：我認識的漫畫家，大多都從臉部輪廓畫起……

村上：我都是一筆就畫下去，如果第一筆偏左，下一筆就偏右一點……這是我的作畫方式。如果怎麼畫都覺得不順眼時，那張畫就會作罷。我每次都是直接就畫下去。碰到繪本的工作時，對方經常要求先交出草圖，可是，就算是草圖，我也不喜歡畫了一次後、還要重新再畫一次同樣的畫。所以，我經常向對方說，對不起，我不畫草圖。然後再向對方說，完成之後，如果不滿意，我可以全面重新繪製，或者當場進行修改。到現在為止，除非錯誤得很厲害，要不然我從來沒有重新繪製的經驗。

夢枕：（拿起《陰陽師11：三腳鐵環》）我很喜歡出現在這個故事中的德子姫的畫（是個身穿紅色和服，頭上戴著三腳鐵環，頭上的三根蠟燭都點著火的女人，她彎著腰，從和服露出隱約可見的臀部線條），請問這張畫是按怎樣的順序畫成的？

村上：我記得應該是先從頭髮畫起。

夢枕：你在畫頭髮時，是不是還沒有決定　會變成什麼方向那類問題？

村上：雖然已經有了大致形象，但是在畫頭髮時，完全沒有預想到會畫出屁股，或者會畫出腳之類的問題。

夢枕：原來是這樣。我很喜歡這個，屁股很可愛（笑）。然後呢？最後一筆是哪裡？

村上：是腳。畫了和服之後，覺得稍微露出腳比較好。

夢枕：是嗎？真有趣。以前，有個看電視學書法的電視節目，那時擔任書法老師的是岡本光平先生，那位老師也是從很奇怪的地方寫出第一筆。他不是按照一般寫法去寫。比如寫「木」這個字時，他會直接由下往上畫出一條線。可是，寫到最後，還是會成為「木」這個字。

村上：如果每次總是按照預定，按照規定順序的話，那會很無趣。就這點來說，寫小說的作家，好像每次都會猜測我究竟會挑選（小說中的）哪個部分畫插圖。因為我會交出任何人都意想不到的插圖。

夢枕：哎，真的是這樣。我每次都很期待你的插圖，因為完全無法預料。

村上：其實應該盡可能挑選符合小說內容的部分，只是，說明過多也有點……文章都已經適當說明了內容，如果插圖也按照文章那樣再說明一次的話，那就一點意思都沒有了，這是我的想法。所以我的情況是經常被人說，咦，怎麼在這個地方配上插圖（笑）。

夢枕：我的責任編輯總是一副興沖沖的樣子給我看插圖。每次送來村上先生的複印插圖時，他總是會有點裝腔作勢地「嘿嘿嘿」笑著遞出插圖（笑）。然後，等我看了畫，驚喜地「噢——」大叫出來時，他也在一旁看得笑嘻嘻。我真心覺得，這套《陰陽師》系列小說請來村上先生畫插圖，真是太好了。如果只有我的文章，小說世界會有某種程度上的限制，不過，配上插圖之後，世界就變得更遼闊了。

村上：包括剛才提到的《三腳鐵環》，我覺得這套有插圖的系列小說真的很棒，可以說是成人的童話書。

夢枕：系列（編按：指《陰陽師》繪本小說系列）第一冊的《晴明取瘤》是新寫的。因為要製作繪本，我就說，我來寫一篇新故事，再請你來畫插圖，所以那時我寫得相當賣力（笑）。我想讓很多妖怪出現在小說中。我很喜歡村上先生畫的妖怪。所以，我想，寫個可以出現很多妖怪的故事比較好。

村上：啊，不過，現代人真的敵不過古人的想像力。我想，說不定古人真的可以看到妖怪（笑），而且那時也有黑暗。現代畢竟已經沒有可以讓妖怪出現的黑暗了……

夢枕：確實沒有。過去的夜晚一片漆黑，說不定最明亮的是天空。

村上：沒有星辰的夜晚真的很暗。

夢枕：那時有星光之類的，現在應該沒有人會在夜晚帶著手電筒出門吧。

——《陰陽師》至今已經拍成兩部電影，假使有下一部電影的機會，這回的《瀧夜叉姬》正是第三部電影的腹案故事，我們聽人這樣說的……

夢枕：其實，這部《瀧夜叉姬》的前半部故事，是在提出第一部電影的構思時寫下的，就是晴明看到百鬼夜行時的場景。但是，這段故事在電影上因為有預算問題，對方說可能很難用得上，最後沒有採用。我一直在想，這真的太可惜了。所以，我決定用在這回的長篇上，之後不斷加寫，結果長度變成最初想像的兩倍（上下卷）。

村上：我很抱歉這樣說，不過，我還是比較喜歡夢枕先生的短篇（笑）。

夢枕：是，九月起又要開始刊登短篇（於《ALL讀物》）。

村上：每次都要擠出構思應該很辛苦吧。

夢枕：同樣分量的話，長篇比較輕鬆。短篇的話，每次都必須讓故事結束，這點就很難。我在寫《陰陽師》短篇小說時，通常都還沒有決定該怎麼讓故事結尾，就先動筆寫起。雖然腦中有最初的構思，但不知道該怎麼結尾。不過寫了一半之後，通常就會浮出結尾了。一邊寫，一邊對自己的小說負起責任的這種寫作方式，好像和村上先生的作畫方式相似（笑）。

村上：我想，所謂製作作品，說到底就是嘔心瀝血，很辛苦的。或許抱著如果不能一次結束，那就在第二次給它結束的打算進行製作比較好。

夢枕：事先決定好內容，進行時卻超出事先決定的內容，這樣的故事比較有趣。如果按照事先決定好的內容完成，我反倒會擔心不知道這樣寫好不好。

村上：是的，確實是這樣，我可以理解。總之，有時確實會發生多生的枝葉比較有趣的狀況。

夢枕：有時因為故事規模增大，某些怪角色自己動了起來，結果稿紙張數也會增多，但這樣反倒比較有趣。

村上：這點在繪畫世界中說不定也一樣。這和最初打算畫這樣的東西而動筆畫起，但在中途因筆橫向打滑而畫出意想不到的形狀，結果被那形狀所吸引的情況一樣吧。

夢枕：還有，有時因為趕時間而匆匆忙忙寫了一大堆的故事，反倒比花費很多時間所醞釀出的故事要來得有勁，自己都覺得，喔，這樣不錯嘛，這種情況也時常發生。

村上：確實有這種例子。考慮過多反倒不行。該在什麼地方告一段落，而且劃分時，刀鋒還是犀利的比較好。就算在截稿日期前，出門去觀看一場戲劇也可以的（笑）。在做其他事情時，說不定會突然萌生意想不到的新構思。

夢枕：我通常有兩張或三張稿紙的餘裕。如果還沒有決定故事內容，我會先寫下標題，接著寫晴明和博雅最初一起喝酒的場景。因為在那個場景，故事不會前進，暫且可以頂住一個晚上（笑）。

村上：光是頑固地守住自己的姿態，終究是不行的。我作畫時也是懷著這樣的感覺，認為如果畫不下去了，就先撤退到比較容易描繪的地方，再做打算。我以前有一段時期熱衷於抽象畫，那時就是執著於應該這樣畫，或者應該先訂下主題什麼的。可是，那樣畫著畫著，到最後什麼也畫不出來，只得暫時停止展覽會。這樣走到最後的結果，我終於領悟出，應該要畫不僅自己畫起來覺得有趣、別人觀賞畫時也覺得有趣的畫。當我轉換成這種作畫姿態之後，便覺得——啊，這樣的畫其實也可以。

夢枕：村上先生的畫獨樹一幟，再也沒有其他人能畫出這種風格的畫吧。因為，手的長度，左右不同啊。

村上：哈哈哈哈哈。

國家圖書館出版品預行編目（CIP）資料

陰陽師. 第六部 晴明取瘤 / 夢枕獏著 ; 茂呂美耶譯-- 二版.
-- 新北市 : 木馬文化出版 : 遠足文化發行, 2018.06
176面 ; 14 x 20公分. -- (繆思系列)
ISBN 978-986-359-554-0 (平裝)

861.57 107007862

繆思系列

陰陽師〔第六部〕晴明取瘤

作者／夢枕獏（Baku Yumemakura） 封面繪圖／村上豐
譯者／茂呂美耶
執行長／陳蕙慧
副總編輯／簡伊玲
行銷企劃／李逸文・闕志勳・廖祿存
特約主編／連秋香
封面設計／蔡惠如
美術編輯／蔡惠如
內文排版／綠貝殼資訊有限公司

社長／郭重興
發行人兼出版總監／曾大福
出版／木馬文化事業股份有限公司
發行／遠足文化事業股份有限公司
地址／231新北市新店區民權路108之4號8樓
電話／02-2218-1417
傳眞／02-8667-1891
Email：service@bookrep.com.tw
郵撥帳號／19588272 木馬文化事業股份有限公司
客服專線／0800221029
法律顧問／華洋國際專利商標事務所 蘇文生 律師
初版一刷 2003年8月
二版一刷 2018年6月
定價／新台幣350元
ISBN 978-986-359-554-0

歡迎團體訂購，另有優惠，請洽業務部（02）2218-1417分機1124、1135